KB052816

반성하다 그만둔 날

김사이

초판본 시인의 말

단단하지도 않고 매끄럽지도 않은 까끌한 지난 시간들.

숱한 말들, 끊어지지 않는 관계.

징그럽고 메스꺼운 현실, 살기 위해 젖어들고 바득바득 싸우면서 그러다가 부지불식간에 영원히 사라질 것이다.

가느다랗게 버텨 준 것이 시였다.

독특한 인식이나 세계를 보여 주는 것도 없고 파격적인 실험을 즐기는 시도 아닌 것을 안다. 그렇게 평범하지만 숨을 쉬는 길이었기에 시를 썼다.

그리고 시집을 묶는다. 후회 없이. 그렇게 살았으므로.

근 십오 년을 열렬히 사랑했던 구로노동자문학회에 큰절 올린다. 그리고 이제, 너를 옭켜쥔 집착을 놓는다. 우리 사랑은 이미 식은 지 오래였다.

광주에 있는 내 친구들, 전국노동자문학회 선후배들, 참으로 고맙다.

딸이 시인이라고 믿는, 아픈 아버지에게 힘이 되었으면 좋겠다.

나를 끈질기게 흔들어 준 어머니,

그리고 땅 위 여자들에게 마음 한 자락 날린다.

2008년 9월 가리봉오거리에서

김사이

복간본 시인의 말

2008년 첫 시집이 나온 후 15년이 흘렀다.
중고 시집으로 굴러다니다 다시 이름을 얻었다.

나이 먹을수록 책임이 자라났다. 뱉어낸 말, 행동, 삶이 묻어나는 얼굴, 걸음걸이, 마음이 가닿는 언저리. 누린 것들이 많을수록 책임이 붙어났다. 스치는 바람, 뜨거운 땀방울, 대수롭지 않은 인사말, 한 걸음 옆에 있는 너의 응원, 주변을 돌아보는 어떤 온기들.

그것의 무게만큼이나 시를 쓰는 일이 어려워졌다.
야금야금 사라지는 낭만의 부재만큼 시 쓰는 일이 두려워졌다.
얼마큼 갔을까, 어디쯤 왔을까. 한길을 간다는 건 뚝심 있는 일일까. 늙어 갈수록 더 모호해졌다.

시집에 펼쳐진 그 시간 그 장소 그 상황 속 이야기와 사람들 그리고 어리바리하지만 팔랑거리고 돌아다니는, 누구나 지나왔을 젊은 너를 언제까지나 지지하고 애도한다.

2023년 어느 뭉클한 가을밤
김사이

차례

3부

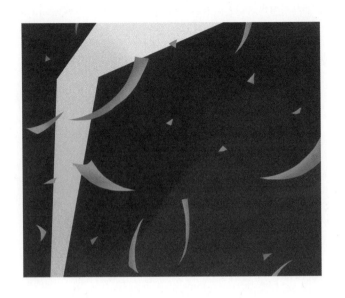

1부

초록눈

가리봉오거리 가는 공장들 담 아랜
우울한 가슴들이 다 모였다
담벼락에 달라붙어 눌은 먼지들 빈 담뱃갑
썩은 나뭇잎 비닐봉지 팔다리는 물론 머리 없는 나
무들
한겨울 매일같이 옷깃 세우고 지나다닌 길
아무것도 보지 않고
그저 그러려니 사는 게 그러려니 하면서
저만치 앞에서 자꾸 눈앞을 아른거리는 무엇에
꽃가루 날리는구나 눈 조심해야지 생각만 하며
그러나 다가갈수록 작은 벌레 같은 것들이
왔다 갔다 길을 어지럽게 했다
가까이 가면 아무것도 없는
없지만 눈에는 계속 톡톡 튀어 오르는
생의 반란은 이렇게 찾아올까
썩은 썩어 버린 듯 내던져진 작은 나무들에
아주 작은 초록눈들
삐죽이 솟아나 있었다 쌀알만 한 눈들이

나무 가지가지마다 하늘을 우러러 다시,
자꾸 내 발길을 붙잡고 눈을 낮추도록 하고
쉼 없이 돌아가는 공장 기계 소리 귀 기울이게 하고
제 모양도 갖추지 않은 제 색깔도 못 낸
삶의 늪구덩이 속에서 나를 향해 가슴을 여는 그
것들
보고 있노라니 주위가 초록 물들어 간다

가리봉 엘레지

햇볕이 타는 한낮
가리봉 오거리
슬리퍼에 맨발로
술 취해서 돌아다니는 후줄근한 남자
시장 복판에서 한바탕 몸씨름과 입씨름을 하다가
여자에게 허리춤 잡혀 끌려가고
무사無事한

그래, 이곳도 서울
아직 뱉어내지 못한 징그러운 삶이 있는

숨어 있기 좋은 방

누가 들고 나는지 모르는 벌집들

한쪽 방에서 가늘고 거친 숨소리가 뒤엉켜 절정에
다다르고

다른 쪽 방에서는 악다구니와 와장창 소리가 장단을
맞춘다

그리고 밤새 열고 닫히는 문소리들

그 사이에 내가 숨는다

햇빛 거부한 창은 틈을 만들지 않고

빗물 밴 거무튀튀한 천장

형광등에 대롱대롱 집 지은 거미가 있는

좁은 부엌 시멘트 바닥에 엉덩이 까고 오줌을 갈
겨도

아무도 욕하지 않는 이곳

가끔 삶이 쉬러 가자 한다

간밤에 무슨 일이 있었는지 누구도 무심한

아침이면 멀쩡하게 출근을 하고 슈퍼에 가고 산에도
가고

맑은 햇살에 눈 못 뜨는 나 같은 게 아니라

시원한 바람이 가슴속을 헤집어도

그저 비슷한 것 같은

땅 위 삶이 뭐 대단치도 않으나

자꾸만 웅크려지고 안으로 말리는 내 몸뚱이

태어나면 모두 잊어버리지만

엄마로부터 세상 소리들을 모두 듣는다는 자궁 속 태아

이곳에서 다 드러내 놓고 뒹굴뒹굴한다

애기처럼

자궁과 세상이 하나 될 때까지

사랑은 어디에서 우는가

재개발도 안 되고 철거만 가능하다는 곳
삶이 문턱에서 허덕거린다
햇살은 아무것이나 붙들어 들어갔다 뺐다 하고
선과 악이 날마다 쌈박질하며
그 속으로 더욱 궁둥이를 들이밀고
달아나려 매번 자기를 죽이면서도 눈을 뜨는
내 바닥 불륜의 씨앗이 작은 방죽처럼 둥그렇게 모여
있는
닭장촌, 정착지도 모르고 날아들었다가
가로등 불빛에 타 죽어 가는 날벌레 목숨 같은
오누이가 사랑을 하고 사촌오빠가 누이를 범해 애를
낳는 그곳
온몸 짙푸른 얼룩을 감추기 위해 더워도 옷을 벗지
않는
엄마가 얇은 시멘트 벽 옆집 남자랑 도망가 없어도
어른이 되어 가는 그곳
수많은 세대들이 서너 개의 공동화장실을 들락거리
는 그곳

문밖에 버려진 작은 화초들, 으깨진 보도블록에서 솟아나는 풀들

바닥 틈 속에서 살랑살랑 흔들리고 있다

간혹 보일 듯 말 듯한 꽃도 토해 놓고

나 도망가다 멈춰 선 그곳

이방인의 도시

십 년 전 거리를 메운 아이들은 온데간데없고
십 년 전 벌집은 그 자리에 있고
출렁거리는 술집은 여전하다

구로공단 한구석 조선족 거리를 걷다가
가을 한낮 햇살이 따가워
눈을 크게 치켜떴을 때
문득 구로공단이 달라져 있었다
어릴 적에는 하얀 스카프에 푸른 작업복 무리가 수상
했고
스무 살에는 거리를 배회하는 가출 아이들이 낯설
었고
지금은 이곳에 있는 내가 낯설다
언제부터일까
이방인들 틈에 내가 이방인같이 보이는 이곳
어느 사이에
국적도 피부색도 방해가 되지 않는
낯선 것을 느끼는 동시에 낯익어 있는

정체 모를 이 끈적함

이국 채소가 식당이 간판이 언어가 내 얼굴을 덮고

공단 울타리를 에워싼 노동자 연대의식이

연례행사처럼 마음속을 드나들고

쿠르드 필리핀 방글라데시 네팔 몽골 연변 구로

그래도 이 거리가 한국이 좋다고 하는 그이들과

삼삼오오 비켜서서 무관하게 밥을 먹고

아파트형 공장 굴뚝에서 연기가 나는

십 년 전 꽃무늬 치마 팔랑거리며 저만치 걸어가는

내가 중심에 있었다고 생각하는 순간 아무것도 보이

지 않는

찰나

고양이 두 마리

새벽 2시, 울음소리가 징그럽게 시끄럽다
애기 소린가 나가 보니 고양이 울음소리다
카랑카랑하게 울어 젖히는 놈과
가는 외줄 같은 소리를 지르는 놈
비껴서 골목 한가운데 그렇게 서 있다
여자 친구도 없는 동생이 불쑥
쟤들 발정 나서 엉겼네, 킥킥거리고
잠 못 드는 영혼들 하나씩 어둠 속으로 잠긴다
일상의 중심을 느닷없이 깨는
그놈들 도대체 무얼 하고 있는지
훔쳐보는 나보다 더 진지하다
나는 내심 붙어라 붙어라 한다
돌아서면 쌍스런 놈들이라 비아냥거릴 테지만
아줌마 하나가 놈들에게 물 한 바가지를 퍼붓고
잡것들아 시끄랏, 하며 내쫓는다
잡것들, 덤벼 보지도 못하고 줄행랑치는
한 놈이 쏜살같이 골목을 가로지른다
비루한 생 속으로 눈이 확 뒤집힌다

어디로 갔을까

인간들의 삶 어느 뒤안에서 아옹다옹할까

어쩌나 내 생이 허기진다

경고

내 집 부엌 싱크대 문짝 두 개는
항상 입 벌리고 있다 아니 비틀어져 있다
지난여름 천장 구석에서 가운데로
작은 그림자 하나 그 영역을 넓혀 가더니 뚝뚝
떨어지는 빗물 세숫대야에 고인 물에선
썩은 냄새가 가득하고
역겨운 냄새는 내 몸에 배었다
집 안을 휘젓는 똥 냄새도
이제 아무렇지 않다
맨 처음처럼 아무것도
눈에 거슬리지 않는다
오래될수록 제 그늘이 넓어지는 집
안과 밖의 경계가 사라지는 집
날 선 보일러 경고음은
다시 오늘, 가늘고 길게 삐―삐― 운다
어릴 적 매정하게 뿌리친 어머니가
돌아와 내 앞에 목 놓아 울던 울음처럼
아찔해지는 서른이다

민경이

항상 배가 아프다
짜장밥 한 그릇 다 먹고도
조용히 양손 모두고 단무지 씹는다
마른 멸치 같은 단발머리 아이는
종일 몇 마디로 하루를 살고
학교에서도 집에서도 간섭하는 사람 없다
우우 소리밖에 할 줄 모르는 덩치 큰
남자애가 따라다녀도 아무 경계가 없다
먹어도 먹어도 엄마 없는 허기에 지친
공부방에 오는 초등학교 1학년 그 아이는
간식 시간엔, 많이많이 주세요만 한다
배가 고파 배가 아픈 그 아이는
초점 없이 멍하다가도 가끔
뿜어내는 눈빛
어둠에 반쯤 먹힌 나를,
무심한 삶이 통째로 휘청인다

하늘에 맑은 별 하나 떠다닌다

가리봉1동에 살아요

벼르고 벼르다 가는 목욕
내게 있어 몇 안 되는 큰일 중 하나
스스로를 턱밑까지 다그쳐
꼴딱 밤새워서 목욕탕을 가는
굼뜬 행동 때문일까 생각해 보지만
일어서지 못하고 잔뜩 웅크린 채
가만가만 물을 끼얹어야 하는 부엌
여름엔 그렇게라도 하지만
따뜻한 물 나오다 말다 하는데
텔레비전 소리 바람 소리 그 짓 하는 소리까지
사방팔방 문 하나 사이에 두고
한겨울 한밤중엔
슬쩍 도망가 버릴 수도 없으니
내 몸뚱이 씻어내는 것조차
내 맘대로 못 하는

세다가 새는

땅거미 가만가만 내려앉는
구종점 네거리 언덕배기 인력사무소 앞에
야전가방 하나씩 둘러멘 사람들
오야지를 에워싸고
내밀어진 손들에 하루치 몸값이 착착
20년 날일 쫑내고 낙향한
노총각 조 씨가 툴툴거리며 그랬던 것처럼
센다 천 원짜리 닳고 닳도록 세고 또 세 본다
아무리 세어도 한 장이 두 장, 열 장이 되지는 않고
하루를 세고 열흘을 세고 일 년을 세며
생을 셈해 보며 탁 풀리는
손안에 움켜쥔 서푼짜리 삶이 샌다

노가다판에도 초록은 우우 우거져 여름은 깊어 가고

카타콤베

막차를 타려고 뛰어가는데
지하도 큼직한 기둥들 사이로
웅크린 돌덩어리들
아니, 인기척을 내는
소름 확 끼치는 거대한 짐승들 있다
순간 가슴 벌렁벌렁거리게 하는 이 고요
카타콤베

내 웃음의 이면이다
노동자도 수입하는
갖출 것 다 갖춘 불빛의 지하地下
지하의 지하
지하도 없는 지하

살아 있음을
한 끼니로 간청하다가
절망도 없이
잠을 청하는 이곳을 지날 땐

순례자의 마음으로 하라
뼈다구만 남은 이상주의자들도 죄를 고백하며
걸어야 하는
카타콤베

내 등줄기에서
인간에 대한 두려움이 혹처럼 자란다
나를 구역질한다

어떤 오후

2박 3일 술을 마시고 깬 오후 5시
까끌까끌한 속이 쓰리다 못해 아프다
부스스한 머리를 그대로 들고 나간다
햇살과 바람이 어린이날 아이처럼 춤춘다
발길이 불쑥 순댓국집으로 들어간다
서너 개의 탁자가 놓여 있는 작은 순댓국집
시끌시끌하다
밥 한 공기를 말아서
뚝배기에 얼굴 박고 우적우적 먹는다
흐르는 땀을 닦기 위해 머리를 드니
옆 탁자 노가다꾼들이 소주잔을 부딪치며
오야지니 데스라니 일 이야기를 한다
내가 다시 머리를 박고 숟가락을 놀리자
갑자기 말소리가 낮아지고 소곤거린다
아랑곳없이 뚝배기 바닥까지 긁고 난 후
자리에서 일어서자 시선이 모아진다
순간 휘이익 둘러보니 난 여자였다 젊은 여자

따뜻함도 무게감도 없는 햇살

재건축이 중단돼 고물상과 주차장이 된 시장 복판
으로

기우뚱 쏟아진다

달의 여자들

구로동 가리봉오거리
불야성을 이룬 늦여름 밤
탱글탱글 여문 은행이 새끼들처럼 줄줄이 매달렸다
은행나무 밑 까만 봉고차에서
탱탱한 알들을 쑥쑥 낳는다
동그란 알에서 미끈하고 예쁜 여자들이 허물을 벗고
아름다운 나비는 훨훨 날갯짓하며 날았다

30여 년 전 산업화의 발과 손이었던
여공은 노동운동사의 유물로 사라지고
사각 콘크리트 건물들이 자본의 기둥처럼
위풍당당하게 우뚝 솟은 이곳엔
여공의 제복을 벗고 발가벗겨진 여성이
불법체류자로 낙인찍혀도 국경을 넘는 아시아 여성이
돈 벌러 홀린 듯이 모여드는데
노래방에서 식당 모텔 대화방 술집에서
예나 지금이나 가장 싼값에

노동을 팔아 몸을 사고
몸을 팔아 삶을 사고,
마트료시카 인형처럼
어머니는 여공을 낳고 나비를 낳고
여자아이를 조선족 여자를 다시 어머니를 낳고

밥벌이에 충실하며 무던히도 살았건만
여전히 월세방 면치 못한 징그러운 밑바닥
안간힘 써서 희망의 끝자락이라도 잡고 싶은
쉴 새 없이 움직이는 날갯짓에
찢어지는 나비의 몸뚱이
30년 후에도 나는 내 딸들은
대물림으로 이어받은 몸뚱이 팔고 있겠지

출구

다섯 갈래 길을 거쳐 모여드는
1994년 여름 구로공단
말로만 듣던 거대한 공단단지엔 마찌꼬바가 하나씩
들어차고
생각을 파는 벤처산업이 슬금슬금 발을 내딛는다
밤에 피는 꽃처럼 가출 아이들의 무법천지
두 평 남짓한 닭장촌 또는 벌방들은 쉴 새 없이 북새
통이고
노동자문학회가 한 시절 숨을 쉬었던 곳
푸른 물결이 출렁거렸던 곳
그 많던 노동조합은 어디로 갔는지
어느 택시기사는 산부인과가 유독 많은 곳이었다고
비릿하게 웃는다
변화가 변화를 일으키는 어느 순간
조선족 거리가 생겨나고 중국 유학원이 늘었다
당구장이 줄어들고 커피숍이 사라졌다
노가다꾼들과 아이들 쉼터였던 만화방들이 문을
닫고

동시상영 영화관도 끝내 간판을 내렸다
열기 대신 조선족 도우미들의 노랫소리가 흥청인다
회색빛 공장은 허물어지고 우뚝 솟은 아파트형 공
장들
군데군데 높은 러브호텔이 들어서 세련된 거리
구로공단 가리봉오거리에서 하차하지 않는다
술에 취한 무용담이 가끔 놀다 간다

개발에 들뜬 구로
새로운 중산층이 머물면서
들어오던 문으로 다시 떠밀려 가는 빈궁한 인생들
야금야금 집값이 오르자 땅따먹기 싸움에 불이
붙고
차이나타운 가리봉시장도
재개발 열차에 탑승한다
불온한 구로공단은 서류 속에 보관될 것이다

머물기 위해 떠나다

하필이면 가리봉이었을까
세상의 흑백이 치열하게 공존했던
공단지대 구로동 가리봉오거리
끊임없이 날기만을 기다린다

땅끝에서 떠나온 곳
서울에 올라와서도 몇 달 부초처럼 떠다니다가
지하 쪽방 하나 얻어 가방을 풀고
한낮에도 깜깜한, 틈을 비집고 들어온 가느다란 빛에
아득하게 해바라기하다
불덩이 하나 밑바닥에서부터 끓어올라
보따리 구석에 밀어 놓은 그대로
꼴딱 새운 가리봉에서의 첫날 밤

돈 벌러 서울 가면 구로동으로 온다는
밑바닥 인생이 거쳐 가는 이곳
다섯 갈래 길을 따라 어디로든 가는,
누가 어디에 사냐고 물어볼 때

선뜻 대답하지 못하고 머뭇거리는 사람들
내 고향보다 더 허름한 빈민촌 같아
자꾸 자꾸 눈에 밟히고 불편하면서도
무슨 짓을 해도 티가 나지 않을 것같이 거리낌 없
었던
떠나고자 몸부림쳐도 구로동이었다

내 시가 시작된 곳
젊음의 덫이기도 했던
이 거리 구석구석 몸에 새겨졌다

떠나야겠다
시가 너무 오래 머물러 있었다

가리봉 성자

박스와 종이를 가득 실은 리어카를 왼편에 세워 놓고
주인 닮은 늙은 구두 한 켤레 가지런히 오른편에 벗
어 놓고
바닥에 깐 신문지에 두 발을 올려놓고
단아한 모습으로 신문을 읽는다
퇴근 시간 북새통을 이룬 가리봉오거리는 아랑곳
없이
덥수룩한 머리칼 날리며 흐트러짐 없이 신문을 읽
는다
그를 둘러싼 시공간이 정지한 듯
붉은 노을이 튕겨져 나와

내 삶 수많은 정점들 속에 차마 가져 보지 못한
빛이 도는 진지한 눈빛
무릎 앞에 돌탑 쌓아 놓고 절하고 싶다

2부

가끔 다녀오다

몽롱해지면
내 마음에 들어앉는 세상

포옥 무릎까지 빠지는 눈밭에
하얀 햇살 위로 눈부신
조그만 발자국들
따 먹고 싶은 눈꽃들
산모롱이 쭈욱 따라가며
가느다란 물줄기 하나 이어지는
웅크린 태아처럼 동그란 샘이
숨을 쉬는 그곳
둥그스름한 산이 가만히 기척을 하면
붉은 동백꽃 살랑거리고 푸르럭 솟구치는 꿩
덩달아 토끼도 다람쥐도
빼꼼히 머리 내밀고 둘러보는

옛이야기도
또는, 먼 훗날의 그리움도 아닌

오늘 끄트머리 사이사이에
깊숙이 배어 있는 오랜 향기겠다

화려한 나들이

뾰로통 입 나온 흑백사진 속에
까맣게 묻어 놓은 사연은
총천연 화사한 색깔로 되살아났다

영정사진 찍는 김에 가족사진을 찍는다
꽃자주 저고리에 쪽빛 치마를 입은 어머니
윤기 흐르는 머리칼에 맵시 있는 아버지
검은 정장이 잘 어울리는 동생도 섰다

찰칵찰칵 플래시가 터질 때마다
씨밭 다른 형제들이 나타났다 사라진다
눈 뜨고도 비밀스러운 것이 가족의 탄생인데
씨앗 자라는 그곳 어디 여기뿐이겠는가
가정의 달 테두리 밖에서 더욱 외로운
불륜 가족의 화려한 나들이다

애첩의 품에서

아버지가 아프다고 해서
고향집에 가 봤더니 멀쩡하기만 하다
암이 찾아왔다는 말을 어머니가 들려줄 때
아버지는 돌아앉아 담배를 태운다
칠순을 넘기고도 무슨 미련이 남았다는 듯이
담배 연기를 길게 내쉰다

아버지의 바람기로 태어난 나는
젊은 아버지의 꿈이 무엇이었는지 모른다
다만 포마드 냄새가 진해지면 아는 것이다
아버지가 외출한다는 것을
바람 같던 아버지 바람피우는 아버지
머물렀다 흩어지고 사라졌다 돌아오는

오랜만에 뒤적이는 낡은 사진첩
이십대에 극단 공연을 마치고 찍은 사진이란다
잿빛 줄무늬 양복을 입고 각을 잡고 선 폼이
그야말로 여자들 꽤나 후렸겠다

그중 한 여자가 지금 병수발을 한다

항암제 맞으면서 머리카락 홀랑 빠지고 나니
가발 찾는 아버지가 참으로 천연덕스럽다
집에서 멀지 않은 곳에 묏자리까지 만들어 놓고
애첩의 품에서 눈을 감을 아버지
행복하세요?

그녀를 만나다

그곳에 가면
초경의 열병 온몸으로 앓으며
처음 했던 자위행위 같은 내 사랑이
남아 있다
나 이미 멀리 떠나왔으되
아직도 거기, 그녀
날것으로 사랑하고 있다

가끔은 그곳에 간다
몸뚱이에 기름기가 쫘악 빠져나갔을 때
찬 것이나 뜨거운 것은 다 토해내는 배 속처럼
몇 번 뒤틀리다가 잠잠해지지만
뒤이어 찾아오는 허기에 숨이 가쁘다

나는 본다
잊히거나 버린다고 되는 것은 아무것도 없다
생생하게 퍼덕거리고 있는 그녀
나를 가르고 간다

비릿하다

돼지고기 이야기

    돼지고기를 잘 먹는 편이다 고기가 귀하던 십수 년 전에 촌에서는 잔칫날이면 돼지를 잡았다 필요한 만큼 나누어서 신문지에 둘둘 말아 가지고 온 고기 한 덩이를 푹 삶아서 된장과 고추에 찍어 먹는 맛은 사랑의 달콤함보다 더 다디달다 내가 아장아장 걷기 시작할 무렵 돼지고기에 관해 들은 말이 있다 그러니까 어머니가 집을 나갔는지 견디다 못해 도망을 갔는지 사연은 알 수 없지만 내가 아버지의 부인과 살았던 모양이다 그리고 얼마의 시간이 지났는지 또한 정확히 모른다 다만 어머니가 나를 되찾아 왔을 때 배만 불룩하고 거지꼴을 하고 있었다고 한다 아무리 곁에 끌어다 앉혀도 금세 뽀로록 도망가고 말도 하지 않는 데다 구석에서 눈치만 봤단다 아이가 단박에 달라붙지는 않았을 테니 시간이 좀 흘렀겠지 언제부턴가 내가 더듬거리며 말을 하기 시작했단다 아버지의 부인이 밥을 잘 주지 않았다는 둥 오빠들이 때렸다는 둥 다 알아들을 수는 없어도 말문을 트자 종알종알 신나더란다 그리고 놀란 일은 돼지고기를 사 와서 같이 먹는데 날것으로 집어삼켰다는 것이

다 걸신들린 듯 엄청나게 먹었단다 그 후로도 한참 동안
은 날돼지고기를 먹었다는 이야기이다 나는 여전히 돼
지고기를 좋아한다 주로 삼겹살을 먹는데 거의 태우다
시피 아주 바짝 구워서 먹는다

문

한글도 다 못 읽는 여덟 살 아이는 붉은 노을이 어둠에 끌려갈 때 산자락 끝을 따라 언덕을 넘고 밭둑을 걸어 또 다른 언덕에 오른다 언덕 위에서 내려다보이는 담도 없는 함석지붕 집 소리도 가라앉아 스멀스멀 피어오르는 두려움에 덜컥 심장이 벌렁거리고, 시커먼 문이 성큼성큼 달려든다 마치 쑤욱 빨려들 것 같은 검은 구멍, 엄마 따라 가끔 놀러 갔던 그 집 부엌이라고 알면서도 쿵쿵거리는 가슴은 어쩌지 못하고 풀숲에서 발목을 잡아당기는 착각마저 든다 다른 차원으로 향하는 홀 같은, 아버지를 미워하던 일 남자 행세했던 일 공부 못하는 주인집 아들을 때린 일, 꾹꾹 감춰져 있던 죄의식들이 뛰쳐나오는 듯 몸뚱이가 덜덜거린다 땅거미가 나를 거두어 깊숙해지자 최초의 그 문은 어둠 속으로 점차 사라진다 잊어버린 듯 어둠 속에 묻어 놓고 있었다 하필이면 지금, 내 앞에 그 문이 다시 나타났다 그날 옴짝달싹못 하고 굳어 버린 채 심부름으로 들고 갔던 저울, 저울을 찾으러 난 다시 그날 언덕 위로 올라간다 홀린 듯 끌린 듯 여덟 살 아이는 없고 더 어린, 아이가 그 자리에 서

있다 문, 하염없이 엄마를 기다리는 어린아이의 초점 없
는 하얀 눈이 있다

바람의 딸

어느 날 학교 파하고 돌아오니
안방에 아버지를 닮은 낯선 할머니가 앉아 있다
하늘에서 뚝 떨어진 친할머니라 한다
등허리로부터 소름꽃이 토도독 피어오르며
놀라 엄마, 엄마 찾았지만 보이지 않았다
평온한 시간이 지루했던 모양이다
푸른 태양이 숨어 버리고
그렇게 할머니와 이상한 동거가 시작되었다
칼바람보다 더 냉랭한 말투
쳐다보는 눈빛은 얼마나 매서웠던지
엄마가 늘 쓰는 욕에도 단련되지 못했거늘
할머니는 욕에 가시를 박았는지
들을 때마다 가슴이 쩍쩍 갈라지는 것이다
잡년 개같은 년 씨알머리 읊는 년아
왜 그랬을까 모를 일이었다
아랫집 할머니처럼 우리 강아지 우리 강아지 하며
보듬어 주길 바란 적 없는데
부지깽이 들고 쫓아다니는 것이 화풀이란 것쯤 안다

아버지는 소나기처럼 한 번씩 들이쳤다 가고
어머니의 외출은 기약이 없어졌다
치통보다 곤혹스러운 시간이 흐른 뒤
중학교 입학을 앞두고
한동안 불편하고 따가웠던 바람의 정체에 대해
어머니가 처와 자식 딸린 남자를 사랑한 것을
내가 바람의 딸인 것을 이해하는 순간
몸 깊은 곳으로부터 꽃망울이 터졌다
첫 생리였다

기다리는 게 뭔지도 모르고 기다리는

남도 구불구불한 끝 외진 시골
식당과 민박을 같이 운영하는
간이역 같은 그곳
사람을 후리는 깊은 계곡도 개천도 없고
산세가 빼어난 것도 아닌
둥글한 산들과 펼쳐진 논밭 낮은 언덕들
한밤중을 울리는
개구리 뻐꾸기 찌르레기 쓰르라미 소리들
건더기 가라앉고 고인 맑은 된장물 같은
자연이 돌아가는 대로 살아가는 그곳
햇빛 쨍한 날엔 그나마 짭짤하게 들던 손님들도
한 며칠 비가 쏟아지다 뜸하고
모든 풍경이 소리 없이 가라앉는다

오가는 길가에 걸쳐 있는 집
지붕 아래 쭈그려 앉아
드문드문 달리는 차들을 바라보며
기다리다 무엇인가 기다리게 돼 버리는

삶의 끄트머리
토해내면 그칠 것 같지 않은
늙은 주모의 속울음처럼
한없이 쏟아져 내리는 한낮의 단비가
적막하게 내려앉는다
기다리는 게 뭔지도 모르고 기다리는
내게, 가라고, 출렁이는 내게

낮잠

새들도 숨을 죽인 고요한 한여름
빨갛게 익은 고추를 네댓 고랑 따고
곱사등이 되어 돌아와
된장에 고추 찍어 물 말은 밥을 먹고
토방에 앉아 간혹 살랑거리는 더운 바람에도
낮잠님이 슬며시 머물다 간다
순간의 물기 같은

물오른 길

　한가위 달빛이 무색하게 들썩이며 번쩍거리는 목포를 돌아 고향으로 가는 길 물오른 처녀 방뎅이처럼 탱탱한 둥근 달, 몸뚱이가 환장한다

　쫄망쫄망한 아이들이 어깨동무하고 있는 것처럼 빙 둘러 티 하나 없이 까만 산봉우리들 경계 위로 보름달은 더욱 빛을 발하고 덩달아 내 몸 色色이 투명해진다 들뜬 택시기사 얼굴을 어루만지는 터질 것 같은 저 달, 아, 무섭도록 사랑의 기운이 충만해지며 숨소리마저 잦아들고, 토란잎 위에 또로록 굴러다니는 작은 물방울들처럼 총총한 별들은 내리쏟아지며 은빛 꿈을 잉태시키는데 저 까만 산그림자 아래서 아무것도 걸치지 않은 채 풍성한 달빛 온몸으로 받아 그 빛으로 사랑을 나누어 보았으면, 흔적도 없이 달의 정령이 되었으면……

나무형제

중학생이었다 학교가 파하고 집 가까이에 다다르자
집안 공기가 심상치 않은 것이 괜스레 가슴이 방망이질
하며 한 발 내딛기가 망설여졌다 설핏 방 안을 들여다
보니 아버지를 닮은 나무 두 그루가 앉아 있었다 초여
름 파릇한 연둣빛 이파리들이 무성하게 찬 나무들 몇
년 전 묘목 같았던 그들이 몰라보게 자라 있었다 살얼
음 같은 지겨운 뒤끝이 또 며칠 가겠구나, 멀미 나듯 어
지럽다 수순처럼 아버지는 밥상을 엎었다 마당으로 나
온 두 나무가 웃통을 벗고 가지들을 흔들어대며 시위
를 한다 어머니를 내치러 왔던 불과 몇 해 전과는 달리
그들은 생활비 때문에 왔던 것이다 아마 늦추고 늦춰서
절박해지자 찾아왔을 것이다 공납금이며 책값과 생활
비며 고등학생 둘에게 들어갈 돈이 얼마나 많겠는가 또
얼마나 멋 부릴 때인가 하나 넉넉지 않은 살림살이가 눈
에 보일 리 없고 그들도 아버지 따라 두 집 살림 하느라
마음 언저리마다 상처투성이일 텐데, 두 나무들이 흔들
리니 가지마다 어린 이파리들이 줄줄이 떨어진다 꽃 피
고 열매 맺을 자리들이 검게 썩어 들어간다 담 모퉁이에서

바라보는 내 등 뒤로도 어린잎들이 우수수 떨어진다

관계

아가, 큰엄마라고 불러라
그러고 부른단다 다 그러고 산단다
지나고 나니 또 살아지더구나

그 밤 폭우 속에
갓난이 업은 엄마와 같이 뛰쳐나오면서
터질 것 같았던 심장의 떨림은
아직 멈추지 않았는데
머리카락 희디흰 망초꽃 같은 노인네
핏발 탱탱했던 독기는
어느 시간쯤에 버렸는지
망각의 강을 건넜다 온 것처럼
내게 스스럼없이 웃는다

산자락 밑 작은 집 하나를
풍비박산 냈던 당신의 나이에
어느새 내가 섰군요
슬며시 내 두 손을 꼭 잡는

쪼그라든 당신의 가슴처럼
마른 가죽만 남은 손마디가
엄마가 흘렸을 눈물을 씻어 주네요

여자

1

작은고모 맏아들 결혼식에 아픈 아버지 대신 어머니가 상경했다 귀밑머리 희끗거리고 얼굴엔 검버섯이 죽음의 그림자처럼 번져 있어 분을 발라도 가무잡잡한, 보고 있자니 탯줄 자른 곳이 쑤셔 온다 가끔 내왕을 했던 큰오빠 내외와 친지 몇 분이 어머니에게 선뜻 알은체를 한다 이 북새통을 방불케 하는 사람들 중에 낯익은 얼굴은 몇 없고 여전히 사돈의 팔촌까지 모여 피붙이를 챙기는 끈적한 핏줄 관계들 나는 어느 핏줄인가 이물질 같은 느낌으로 서 있다 어머니와 나는 끊임없이 뱅글뱅글 도는 회오리 속 눈동자처럼 고요하다

2

더위가 바짝 약을 올린다 나른해지며 기지개를 켜는 순간 가슴이 쿵 떨어진다 어머니가 휘청거리자 뜨거운 태양이 어머니의 얼굴에서 물러선다 검버섯은 더욱 짙어지고 굳어 버린 입술 불안한 눈동자, 긴가민가했다 여자가 온 것이다 내 살아온 깜냥으로 이해할 수 없는 일

이, 내가 죄를 지은 것일까 배 속 자궁이 출렁인다 온 몸 뚱이 뜨거워지며 화르륵 타올랐다 한 남자의 두 여자가, 남자의 친지 결혼식에 동시에 참석하다니 지금 눈앞에 벌어진 상황은 무엇인가 꽃 저고리에 연분홍 치마를 입은 세월을 잊은 여자는 새색시처럼 고웁다 일가친지 사이를 나비처럼 하늘거리며 돌아다닌다 그래, 조강지처는 당당하구나

3

얼마 만이야, 아들들 앞세워 쳐들어왔던 서슬 퍼런 기세는 흐르는 강물에 버렸나 봐 아지랑이처럼 가물거리는 저편에서 봉인이 풀리려고 해 그러니까 밤나무산과 별 달과 어둠 태양과 흙 늘 발밑에서 노는 풀들이 내 서정의 집이었어 한겨울에 내린 눈이 내 키까지 따라와 포근하게 감싸 주던 시간도 있었지 도망가다 쓱 돌아보는 노루의 순한 눈동자를 한 번이라도 본 적 있니? 내 우주로 가는 길이었지 그런데 슬프게도 달이 기울면 차오르듯 서정이 꽉 여물기도 전에, 깨뜨려졌어 캄캄한 어둠

을 깨우고 들이닥친 여자와 행동대장들 살림살이들을
부수고 던지고 머리채 잡고 옷자락 쥐어뜯는 광란의 밤,
잠을 자던 들짐승들이 깨어 우는 밤 영원히 멈추지 않
을 가위눌림 같은 것

4

아버지는 어머니에게 몸뚱이로 왔을까 마음으로 왔
을까 모를 일이다 그 여자에게 어머니는 부정한 여자였
을 것이다 나 또한 부정한 여자의 딸이었을 것이다 하필
이면 결혼식장에서 마주쳤을까 면사포도 꽃가마도 그
저 꿈으로만 간직했을 어머니의 사랑, 여자의 웃음이 화
사해질수록 어머니는 자꾸 물러선다 괜찮다고, 하면서
구석을 찾고 그늘진 곳을 찾는다 속에서 불덩이가 치민
다 이런, 누가 누구를 화해시킨단 말인가 남은 생애 형
님 동생 하면서 살라는 말에, 어머니 앞에 두고 남자 어
른들에게 사정없이 쏘아댔다 붉으락푸르락 달아오르는
얼굴들 오늘 어머니는 딸에게 처음으로 위안을 받는다
했다 외롭지 않다 한다 이날까지 딸에게조차 시원스레

말하지 못했던 속내를 살살 튼다

5

그 여자, 중풍에 걸려 힘들다는 얘기를 들었던 것도
같다 지금도 아버지의 아내인 여자가 칠순을 넘어서니
세월에 무너졌나 내게 큰엄마로 드나든다 독기가 빠지
니 매서움도 부드러워지고 눈꽃 하얗게 핀 머리카락이
여느 할머니랑 다름없다 내 마음이 갈피를 못 잡는다
십수 년을 홀로 살면서 아버지의 아내 자리를 지킨 이유
는 무엇일까 껍데기라도 본처로서의 죽음이 명예롭고
행복하리라 생각했던가 그 여자의 고독했던 시간은 누
구로부터 위로받는단 말인가, 분이 가라앉고 물살이 잔
잔해졌다 놀라 핏기 없는 어머니 얼굴에 연분홍 꽃나비
한 마리 팔랑거린다 그리고 그 사이에 내가 들어서 있
다 내 핏줄은 여자였다.

3부

출근

전동차 뜨거운 소음이 멈추고
구겨진 플라스틱병 우그르르 펴지듯
밀려나오는 사람들
다다다 헉헉 툭툭 휘익

매일 아침 수많은 발길이 가로지르는 이곳
같거나 혹은 다른 모습으로
억겁의 인연이었을지도 모른다
낯설게 통과하는
익명의 환승로

햇살에 눈떠 숨을 쉬며 시작되는 일상
나서면 땅속 깊게 뻗어 있는 에스컬레이터
가만히 줄 서 있다 발을 내디디면
질서정연한 낯선 등이 보이고
질서에 순화된 말 없는 저 등
올라가고 내려오는 동안엔 이탈할 수 없어
무한한 아침 소란 속에서도

앞 등만 보이는 행렬은 더운 침묵이다

뒤이은 행렬에 내 등을 내주며
좀비처럼 오르는 고행의 행렬
돈 벌러 가는 출근길
그래야 산다

여름날의 고요

열려진 창문 너머로 여자의 둥그스름한 등이 보인다 미싱을 돌리는 여자의 등은 십여 년 동안 조금씩 둥글 게 휘어지고 있다 그 순한 등 안쪽의 얼굴은 자주 바뀌 었을지도 모르지만 여자는 여전히 둥글게 앉아 있다 드 르륵 드르륵 미싱은 돌고, 신자유주의가 바늘 끝의 실 을 타고 세계화를 바느질해도 돈다 구름 한 점 없는 하 늘이 기웃거려도 여자의 등은 곡선을 그리고 있다

반성하다 그만둔 날

처음 만난 사람들 속에서 술을 마신다
말을 새로 배우듯 조금씩 취해 가며
자본가와 노동자를 얘기하다가
비정규직 부당해고에 분개를 하고
여성해방과 성매매를 말하며 반짝이는 눈동자들
틈에
입으로만 달고 다닌 것 같은 시가 길을 헤매며
주섬주섬 안주만 챙긴다

엉거주춤 따라간 나이트클럽에 취해 돌아보니
얼큰히 달아오른 얼굴들이 흐물거리고
춤을 추는 무대 위엔 노동자도 자본가도 없다
신나게 흔들어대는 사람들만 있다
찝쩍대고 쌈박질하고 홀로 비틀어대는
아주 빠르게 회전하는 형형색색의 불빛들 아래
조금씩 젖어 가며 너나없이 한 덩어리가 되어 출렁거
린다
낯선 이국땅에서 총 맞아 죽고 굶어 죽어도

매일 밤 일탈의 유혹처럼 찾아드는
이 자본의 꿀맛

도처에 흔들리는 일상들
등급 매기지 않기로 했다

서른여섯 살 꽃

병원을 휘젓고 다니는 그 여자는
무심결에 켜 놓은 TV처럼 홀로 시끄럽다
시원하게 터진 눈과 이마가 돋보여
사람들의 시선을 끄는 그 여자는
전국노래자랑에도 출연하고 대통령도 만나고
긴 생머리를 찰랑거리며 휠체어를 잘도 굴리는 그 여
자는
두 다리로 걷는 사람들보다 빠르다
스무 살에 하반신 불구가 되었어도
곪아 덧난 상처는 없다
한 손은 브레이크 또 한 손은 액셀러레이터로
유치원 통학버스를 운전했던 그 여자는
파릇파릇하다
아이를 낳지 못해도
반몸뚱이로 붉은 꽃물 쏟아내며
맑은 빛을 생산하는 여자의 웃음은
아픈 곳이 싹 나은 것처럼 가슴 뻥 뚫리는 처방전
늘상 일을 찾아 움직이는

그 여자는 내 이름과 똑같다
같은 이름이라는 것 하나로 우연히 다가와
꾹꾹 눌러 둔 내 음습한 욕망덩어리를
발가벗기는 그 여자
앞에서 웅크린 고슴도치가 되어 온 가시들을 세우고
막무가내 경계를 해 보지만
아무것도 요구하지 않는다

꽃

아직 속살 파고드는 찬 기운에
꽃 핀다 꽃 핀다, 밤마실 나가는 꽃들

도시 주택가 골목에 작은 술집 하나 부산하다
동네 아저씨들 가끔 드나드는 그곳
늙은 아가씨들 달빛 환한 밤에 꽃 따러 나선다
몇 그루의 나무들이 그녀들을 맞이하려는 듯
가지들을 쫙 펼치고
달빛은 더 높아져 투명하기만 하다
열매 맺지 못한 늙은 꽃들은
꽃나무 밑으로 폴짝폴짝 뛰어간다
고향도 사랑도 내일 받을 손님도 잔금이 얼마나 남았
는지도
모두 잊고, 그저 가만히 놔두고
풋내 나던 시절로 돌아가 재잘거린다
중심을 돌아 돌아 오니
먼 곳도 가까운 곳도 아닌
중심으로 와 있는 그녀들에게

달빛은 부서져 내리고 나무들은 머리카락을 넘겨
준다
　　꽃이 아니어도 꽃이 되는 시간에 있는 그녀들
　　다시 꽃 핀다
　　대추나무 작은 잎들이 달빛에 몸을 바꿔 꽃이 되어
　　작은 꽃잎 하나씩 어깨 위로 떨구어내고
　　푸른빛 돋아나기 시작하는
　　이른 봄 어느 날
　　크고 작은 하얀 꽃잎들이 흩날리던 밤에

살갗으로부터 오는 긴장

스무 살이란 것만으로도 환해지는 시간
전자부품 만드는 공장으로 일을 하러 갔다
한 달 이십만 원 받았을까
컨베이어 벨트도 없는 작은 공장
내 안의 허물을 벗고 눈을 뜬
사회를 향한 첫걸음이었다
잔업도 마다 않았고 다방과 술집을 오가며
친근해지니 몇 놈이 오빠라고 부르란다
지랄 같은 열정인지 신념인지 명분인지
만나자고 할 때마다 만났더니
환장할, 찝쩍댄다
주물럭거리고 쓰다듬고 비벼대고
세상을 향해 열어 둔 호기심이 무색하리만치
발정 난 숫내가 끈적거리는 남자들
요령껏 피한다지만 뱀 혀처럼 징그러운 말들은
몸뚱이를 휘감고 돌아 거부의 몸짓을 삼켜 버렸다
그러다 말겠지 그러다 말아라 제발,
애끓는 속병에

어두운 밤 달님도 구름에 숨어 가냘프게 울음 운다
끊임없이 되풀이되고 매 순간 발가벗겨지는 일상
에서
마르크스도 레닌도 주먹도 법도 주변일 뿐
남자들의 철옹성 같은 연대에
홀로 맞서야 한다는 것이 얼마나 고독한가
지난하고 더딘 시간으로부터
맞짱을 뜨며 진정 고독하게 가는 것이다

기름때와 계급

내 손에 손톱에 까만 때 낄 때가 있다
무심코 움츠러드는 삶

그 사람, 그 사람 손등과 바닥에 접힌 주름들
골이 깊고 선명하다
십대 후반부터 밥을 먹듯 기계와 살아온
오십여 년이 주름져 양손에 고스란히 녹아 있다
어떻게 보나 노동자였다 뭉툭하고 씻어도 씻기지 않는
기름때 주름 속에 녹아 선을 긋고
검은빛 도는 손에 삶이 드러났다
그로 인해 그 사람에게 부여된 노동자 계급
그러나 인간의 영혼은 자꾸 곁눈질을 한다
음미해 보지 않은 것을 찾아서

요즘 그 손은 검은 기름때가 싸악 빠져 말끔하다
운동가도 투철한 사상가도 아니지만
노동자 자체였던 그 사람은

컴퓨터 공부하는 재미에 푹 빠져 있고

ON-OFF 하는 시간
거기에
분류되지 않는 계급이 있다

여일餘日

남부순환도로 담벼락 옆
커다란 고물상
고물들이 시끄럽다
삐죽이 열어 놓은 양철문 틈으로
즐거운 듯 불을 쬐고 있는 고물들
선택이란 남지 않은 시간의 문
밖으로 나와 숨을 쉬는데
아니지 아닌가 가만 보니
고물들에 파묻혀 꼬물거리는 노인네들
등 굽어 순한 노인네들 여기 다 모였네
칭칭 동여맨 목도리 수건
사이로 쉴 새 없이 쫑쫑거리며
막 세상을 본 풀벌레들처럼
어디로 데려가 줄 막차를 기다리며
큰 포대 자루에 담겨 차곡차곡 가지런하게
고물들 옆에 나란히 앉아 주름을 접고 있는
길 끄트머리에 닿은 노인네들
희미한 눈길 끝 저 공장 너머엔

이른 봄 햇살이 만삭으로 부풀어 올랐다

목숨값은 얼마일까

이제 한 명 죽는 건 뉴스거리도 되지 않아
떼로 죽어야 공론화될까 말까 하지
끊이지 않은 전쟁 소식은 폐허와 난민으로 가득하고
기아와 가난에 쪼들리는 제3세계 소식들
아내가 남편에게 뺨 한 대 맞은 건 폭력이 아니듯이
야구방망이냐 칼이냐가 더 중요해
불법체류 때문에 쫓기다 죽고
산재혜택 못 받아 병신 되고 천대받아 죽고
농약 먹고 자살하기까지
심심찮게 죽어 나가는 죽음은 죽음도 아니지
국경을 넘어서 잠식당하는 일상
아시아 노동자들의 코리안드림
가당치 않은 미래를 꿈꾸며
가난한 나라에서 가난하게 건너오는데
이십여 년도 채 안 된 이전에
아메리칸드림이 안개처럼 뒤덮었을 때처럼
그 이전 이전 젖살 뽀얀 처녀들이
일본으로 돈 벌러 갔을 때처럼

몸뚱이 하나뿐인 내 목숨값은 얼마나 될까

이력서를 쓰다

벚꽃 흐드러져 있는 이 봄밤
어릴 때 온갖 환상 속에서 부푼 둥근 저 달
사람들의 꿈을 얼마나 먹었는지 배가 터질 것 같
은 달
꿈을 꾸는 것만으로도 좋을 저것은
옥탑방 아래 세상 또 누구의 꿈을 엿보고 있을까
곰곰 생각해 보니
꿈을 빼앗긴 내 이력엔 무기가 없다
살면서 매 순간 바리케이드를 치고 사는 것은 아닌데
하루하루를 보이지 않는 무엇과 싸우면서
산다는 것이 얼마나 피 말리는 일인지
물오른 새순처럼 열정이 있다고 적을 수 없고
성실한 직장 경력으로 적금이 꽤 된다고 적을 수도
없고
사회 발전에 기여한 인사도 아니어서
살아 있는 동안 끊임없이 이력서를 쓴다
어느 곳에도 온전하게 속하지 못하면서
내가 선택할 수 없는 성별은 차별이 되고

갓 태어난 아기의 몸뚱이엔
주홍글씨처럼 부유와 빈곤이 나뉘어 찍힌다
자궁 속 태아에게도 계급이 있고
분노가 일기 전에 서글픔이 밀려들어
달리다 달리다 멈춰 선 곳
시간은 자본으로 환산되지 않는 이력을 앞세워
40년 발길이 다시 주춤거린다

무엇을 위하여 종은 울리나

나는 잘렸다
터무니없이

5월 연둣빛 나무 이파리를 보는데
휴대전화로, 그래 휴대폰으로
해고 통보 문자메시지를 받았다
해고 사유는 '잡담'이다
그리고 더 이상 회사에 갈 필요도 없었다
눈만 뜨면 전쟁을 치르듯이 아이 맡기고
30분 일찍 전철에 구겨져 가던 내 밥그릇 자리
그러나 나는 비정규직 여성 노동자였고
비공식적으로 잘린 거다
어디에도 내가 흘린 피는 없다
어디에도 내가 살기 위해 노력했다는 흔적은 없다
자본이 숨 쉬기 위해 내가 숨죽이다가
이름도 인격도 빼앗긴 결과다
이제 더 이상 내가 가난한 집 딸이고
돈 벌어야 하는 아내고 한 아이의 엄마라는 사실이

대체 무슨 소용이란 말인가
자본은 너무 자유롭고 나는 갇혀 있다
자본은 너무 안전하고 나는 위태롭다
이제 종이 울리면 쉬러 가는 것은
내가 아니라 자본, 그래 돈이라는 것이
정규적으로 쉬러 간다

언제든지 공식적이지 않게 나는 잘리고
무엇을 위하여 종이 울린단 말인가

목련

한밤중에도 끊임없이 돌아가는
공단의 기계 소리들
한낮엔 사람들 속에 묻혀
어둠 속에서만 정체가 드러나는 묘한 울림
붉은 머리띠 하나 부적처럼 갖고 있는 사람들을 울
린다

붉은 머리띠 조각조각 잘려져 사방으로 흩어지고
공단 운동장을 꽉 메운 바람과 어둠
알 수 없이 밀려드는 습기 찬 마음이
자꾸 뒤를 돌아본다
중심이 잡히지 않는다

그러나 붉은 머리띠 앞에 놓고
치열했던 한 시간을 퍼내는 고통이 있어
쩌렁쩌렁한 노랫소리에 놀라
공단 목련들이 어둠 속으로 일제히 입을 벌린다

4부

뒤엔 무엇이 웅크리고 있을까

시간을 죽이러 PC방에 간 적 있다
희한하고 어지러운 소리들이
매캐한 담배 연기처럼 떠다녔다
큼직큼직하고 성능 좋은 컴퓨터들이
좌우 앞뒤로 가지런히 늘어서 있고
낯설게 눈에 밟히는 컴퓨터 뒷면
수십 개의 구멍이 뚫려 있다
수십 개의 선들이 꽂혀 있다
크고 작은 선들이
어디에서 시작하고 끝나는지 알 수 없이 얽혀 있다
늘 반듯한 앞면만 보다가
징그러운, 내 생이 그 선들 따라 배배 꼬여 간다
무수한 사람들의 삶의 뒷면엔
몇 개의 선들이 꽂혀 있을까
일단 꽂아 놓기만 하면 저절로 엉켜져 버린
비틀어 가는 이면 속 선들 길들
삶이 닳고 닳아 가는 만큼 선이 꽂아지는가
앞면이 깨끗할수록 뒷면은 정신없이 꼬여 있는가

어지럽다 눈과 귀가 아프다
갑자기 몸뚱이 털들이 모조리 서서
내 뒤를 건드린다

몸말

밥 짓는 내음 어슴푸레하게 깔린 예불 시간
목련 꽃봉오리 같은 비구니가 종을 친다
흘깃거리는 그녀의 눈꼬리엔
情이 고통스럽게 주름져 있어
온몸으로 터져 나오는 종소리는
산 너머 너머로 커다란 바위틈으로 파고들며
생의 불륜 속으로 불륜으로
그렇게 비구니의 몸이 울린다
그 울림의 꼬리를 감은 어둠은 깊고
대웅전 왼편으로 천년 잠을 자는 와불은
여전히 말이 없다
말이 되지 못한 것들이
큰 산을 잠재우고
깊은 곳 버려 둔 영혼을 깨운다
그녀가 가고 난 자리에
내 살아온 지난 말들이 절룩거리며 일어섰다
다리는 후들거리고 멍해져

봄이 불러 돌아보니

바람난 봄이
가랭이를 벌리고 달려든다
나날이 가슴이 뜨거워지는 것을
해거름 놀에 부딪치는 강물이
몽우리 맺힌 처녀 가슴
애를 태우듯 부서져 갈수록
삶의 밑동이 미세하게 출렁거린다
은근하게 내뻗는 바람자락은
온몸에 스미어, 꽃이다
해마다 이맘때쯤
생의 비밀 하나씩 벗겨 오는 그대 때문에
내 꽃은 닳고 닳아
신경 마디마디가 뚝 뚝 끊어진다, 꽃 핀다
햇살이 머리에서 나른한 블루스를 추고
진달래꽃 숭어리 숭어리 불덩이로 가슴에 박히면
내 구석구석에서
사정없는 고통이 흘러내려
그대 가랭이 속으로 들어가고 싶은 지금

삼십 년이 하냥 무너져 내린다

곰팡이꽃

빨랫비누와 세숫비누를 담는
두 칸짜리 노란 비눗갑
머리를 감다가 비눗갑에 핀 푸른곰팡이가 스친다
천 원 주고 산 물건이 십 년쯤 되었으니
비닐이 벗겨지고 앙증맞은 곰돌이 딱지가 너덜너덜
해졌다
웬일인지 눈길이 자꾸 머문다
늘 축축한 채로 마를 틈이 없었을 것이다
세숫대야 옆에서 엄청난 시간을 견뎌 준
한결같은 비눗갑 멀쩡한데
하찮을수록 시선에서 비켜나고
하찮다 싶을수록 당연시 하대하고,
뒷면 오목하게 파인 끝과 네 귀퉁이 모서리에
거무튀튀한 우울함이 가득했다
내가 저것 때문에 제대로 울컥한다
샴푸 하얗게 범벅을 하고 노란 비눗갑을 닦는다
손가락 들어가기 힘든 각진 곳을
칫솔로 구석구석 힘 조절해 가며 닦는다

사각 모서리에 붙은 곰팡이들은

아주 섬세하게 품을 들여 문질러야 한다

그렇듯 녹슬어 있는 마음속 어두운 곳

울음이 고여 늘 습기 차 있는 여자의 배를 어루만
진다

축축해야 씨를 품는 씨밭 임자 없는 씨도 자라는

막다른 골목 같은 삶의 이면에서

자꾸 자꾸 피어나는 늘 푸른 곰팡이꽃

얼굴

사람들과 술을 마시다가
벌떡 일어나 화장실로 간다
내가

그냥 한참을 서성거리다
그래 서성거리다가
눈에 띈 가위를 들더니
무작정 머리카락을 자른다

듬성듬성 잘려 나간
다 잘려지지 않은
날 본다
널 본다
내가

술자리로 돌아가자
사람들이 놀라서 아무 말 없이 쳐다본다
익숙하기는 하지만

나는 늘 처음 보는 사람이다

나에게조차

해 질 무렵 집 앞에 앉아

서른이 넘어서야
떠나는 법을 배우기 시작한다
홀로 떠나는 법을
마음의 빚이건 물질의 빚이건
떼려야 뗄 수 없는 내 몸뚱이 비곗덩어리처럼
살수록 느는 건 빚이라
이사할 때마다 알게 모르게 늘어나는 짐들
박스 하나로 시작했던 타지에서의 삶이
트럭을 한 대 이상 불러야 할 정도로 나이를 먹어
누구나가 땅에 두 발 붙이고 살긴 하지만
또 그렇게 살 수밖에 없지만
나이를 먹는다는 것이
내가 딛고 있는 두 발 왔다 갔다 하는 거리
이어진 선 안에서 더 벗어나지 못하는
점차 그 테두리 안으로 발목 잡혀 뿌리를 내리고
어찌할 수 없는 것으로 치부되거나
희망도 절망도 가슴에 묻어 버리고 살아간다
영원히 살 수 있는 것처럼

가볍게 일어나서 뽀지게 놀다가 저녁엔 삭신이 욱신
거려도 좋다
조용히 쉴 수 있는 공간 하나만 있으면
어찌 만족스럽지 않을까
나만 한 가방 하나와 내가 앉아 있으니
짐인지 가방인지 사람인지 경계가 없어져
동그란 덩어리 두 개 나란히 있는데
무엇을 버려도 상관이 없을 것 같은

한낮의 꿈

일산 가는 자유로를 달리며 본다
햇빛 쨍한 한낮의 강물엔
어디서들 나타났는지
황금 물고기들이 파다파닥 뛰며 노닌다
올록볼록 숨을 쉬는 강물이
금빛 하얗게 부서져 내린다

현기증 인다

어릴 적 동네 우물을 가만히 보노라면
저 어둠 깊은 곳에서 끌어당기는 무엇
어둠 안으로 들어갈수록 끝엔 아무것도
아무것도 없는데 검푸른 이끼들만
전체를 파랗게 물들이고 있었던 것을

기운이 다 빠진 해는 서녘으로 기울고,
품 안에 던져진 온갖 잡것들 끌어안고
입을 다문 채로 흐르는 강물

흐르는 건지 멈춰 있는 건지
나는 돌아간다
강물을 떠나 어디론가 날아간
황금 물고기들처럼

환영 幻影

푸른 뱀 두 마리가
정신없이 얽혀 있다
깊은 풀덤불 비켜나
볕 들어 나른해진 길 한복판에
미끌하고 부드러운 몸뚱이를
어쩌지 못해 자꾸 꼬고 꼬여 간다
지치지 않는 초록도 작업을 멈추고 바르르 떠는,
흐드러진 햇살 조금씩 산그늘이 접어 간다
푸른빛 더욱 짙어지는 뱀 두 마리
지리멸렬하게 뒹군다
평온하기 그지없는 초여름
가슴속 어디선가 천상과 지상
경계 무너지는 소리 투두둑, 툭

늙은 부처들

눈이 짝짝인 부처는 무엇을 보는지 초점이 없고
벌어진 입술은 까맣다
등이 굽은 부처는 눈 한쪽만 남아
입술은 갈매기처럼 굳게 다물어져 있는데
온 살덩이 날것으로 보시한 건가
군데군데 뜯기고 패어 있다
양반다리로 앉아 있는 부처들
말할 듯 말 듯한 오만상에
아버지 같고 이웃 아재 같고 사십 년 후 나 같기도
하다
구부정하니 양 주먹 쥐고 앉아 있는 늙은 부처들
평생 죽을 수도 없고 살 수도 없는 그저
고통스러워 못내 못 가는지 안 가는지

쫓겨나서 갈 데가 없었나
돌아온 부처인가 혹은 누군가 잘못 만들어서 찌그러
졌을지
하필이면 고미술품 전시장에 있다

쉼표를 못 찍는 이유

낯선 여인숙
성큼 마음을 들여놓고 서성거리다
가만히 벽을 쓸어내리니
삶의 집착들이 울툭불툭 거칠게 숨을 쉰다
잠시 내버려 두고 온 저곳에서
질기게 따라와 낯선 나를 못마땅해한다
엄살도 허락하지 않은
이 시간

방 너머 방의 기척에 아랫도리가 간질거린다
서른일곱 살 파닥거리는 성감에 안도하다
문득 지금껏 내 몸뚱이는 환희에 찬 소리를 질러 봤
던가
무심코 중얼거리다가 눈물 나게 웃는다
시큼한 이불 냄새는 내 구린내 같다
잔뜩 부려 놓고 온 미움까지 그리워진다
사실 멀리 떠나온 것도 아닌데
잠깐 벗어난 이곳 또한 현실이었으니

쌓이고 쌓여 커져 가는 욕망의 뒷구멍
징그럽게 끌어당긴다

서방도 새끼도 없으면서
덜 벌고 덜 쓰고 덜 먹어도
끝내, 자유롭지 못하네

개심사

개심사에 갔다
모든 사람이 마음먹기에 따라 영생을 받을 수 있는
예수가 태어난 날에 갔다
단아하고 소박하게 들어앉은 개심사
고장 난 마음을 수리해 준다는 뜻일까
마음을 열게 해 준다는 뜻일까

고요하고 적막한 긴 연못 입구
커다란 고사목 겨드랑이에서 작은 나무가 자라고
있다
줄기를 뻗어 바람결에 노니는 것처럼 하늘거린다
어느 홀씨 하나 날아와 안식처로 삼았나 보다
고사한 나무는 모든 영양분을 거기에 모았나 보다
몇 가닥 가지들이 싱싱하게 커 가고

내 몸 가랭이나 입으로 어느 씨앗이 뿌리를 내린다면
죽은 내 몸뚱이는 그 씨앗 자연스레 받을 수 있을까
구천 떠도는 내 영혼이 고사목처럼 썩어 가는 살덩이에

마른 피 한 방울이라도 짜내려 육신을 떠나지 않을
는지
　죽은 몸 안에 또 한 생명을 키울 수 있다는
　어디까지 해 보겠다는 건가
　징그러운 아주 징그러운
　난 죽은 건지 구원받은 건지

　온 몸뚱이 근질근질해지며 거꾸로 치솟는다

가이아

몸부림치면서 살덩이들을 물어뜯는다
폭식증 거식증에 시달리면서도 살덩이들 놓지 못
한다
뚱뚱해서 복스러운가 전혀, 현모양처다 그렇지 않다
사랑을 나누고 싶은 마음이 들지 않는다 뚱뚱하다고 때
로는 둥근 배 때문에 게으르다, 그러나
여자는 뚱뚱하다

몸뚱이는 생명을 품은 집이다
씨가 들어와서 자리를 잡으면 본능적으로 흐름을 바
꾸어
때를 기다리며 고요히 키워 간다
자꾸 꿈틀거리는 생명체의 신호를 느끼면
숨이 넘어갈 것 같은 고통과 공포감을 넘어
세상으로 쑤욱 밀어낸다
몸 안에 한 생명이 같이 숨 쉬면서 내가 먹는 것을 먹
고 내가 웃을 때 웃고 슬플 때는 슬픔을 느끼는,
한 생명을 품을 수 있는 작은 집 몸뚱이

똥배인지 젖가슴인지 구분이 안 되는 뚱뚱한
이 몸 안에 네가 느끼지 못하는 두려움이 있다
한 달에 한 번씩 핏덩이를 쏟아내며 준비하는
몸뚱이는 너의 처음이고 끝이다

생명 하나 품어 본 것들은 알 것이다
크든 작든 또 다른 생명을 숨 쉬게 하는 몸뚱이가
항상 쓸쓸하지만은 않다는 것을
나는 뚱뚱한 여자니까

나방

창문에 달라붙은 나방 한 마리
그 자리에서 빙빙 돈다
문이 열려 있어도
나가거나 들어오거나 하지 못한
눈먼 아니 아무것도
찾지 않는 한 마리 나방
팔딱거리는 가슴 때문인지
누워서도 쉴 새 없이 날개를 파닥거린다
무엇을 향한 갈증인가
날개가 찢어지고 쏟아지는 비틀린 언어들
침묵 속으로 둥글게 둥글게 말리는, 몸뚱이는
다시 애벌레로
생에 한 번 나방은
시를 쓴다

棺으로

헐벗은 삶의 육체성, 물질성
―가리봉 시대에 대한 시적 주석에 관하여

방민호(문학평론가, 서울대 국문과 교수)

1

우리는 먼저 김사이 씨를 저 가리봉의 시인이라고 상정해 보기로 한다. 물론 우리는 개념과 이미지의 포로가 되는 것에 만족할 수 없다. 이러한 특정에도 불구하고 김사이 씨의 시들은 가리봉이라는 특수한 공간에 대한 리얼리스틱한 재현 따위에 머물러 있는 것만은 아니다. 해남에서 태어나 광주에서 대학을 다니고 서울에 올라온 이후 줄곧 가리봉에서 살아온 이 시인은 이 정주의 기억 때문에 가리봉을,

> 그래, 이곳도 서울
> 아직 뱉어내지 못한 징그러운 삶이 있는
> ―「가리봉 엘레지」 부분

이라는 두 행의 말로 요약해 버릴 수 있는 사람이 되었다. 그런 만큼 이 시집 『반성하다 그만둔 날』은 가리봉의 사연들이 살아 숨 쉬는 공간이 되었다. 그러나 김사

이 시인은 가리봉이라는 공간적 소재만으로 설명하기 어려운 요소가 많다. 그녀의 언어들은 지금 가리봉이라는 지점을 중심으로 공전한다. 그러나 근접해서 보면 그녀는 궤도를 잃어버린 떠돌이별처럼 조만간 중심의 중력에서 벗어나 먼 항해를 떠나려 하는 것처럼 보인다. 김사이라는 시인을 잘 이해하기 위해서 우리는 이 항해의 기색까지 살펴 두어야 할 것이다.

그럼에도 일단 그녀를 가리봉의 시인이라고 부르는 것은 개념이나 이미지의 위험에도 불구하고 그것이 그녀를 설명할 수 있는 하나의 비계 역할을 할 수 있을 것이기 때문이다.

2

우리는 공선옥 씨의 창작집 『유랑가족』에서 가리봉이라는 낯선 삶의 공간을 만난 적이 있다. 공선옥 씨는 이 첨단적 물질주의 시대가 배태한 거품들, 인터넷 공간이나 주식 시장, 스타벅스 따위의 체인 공간들로부터 유리되고 단절된 세계를 그렸다. 거기서 가리봉은 가난하거나 소외된 삶을 가리키는 대명사다. 그곳은 삶이 거품의 양식 대신에 침전물의 양식으로 존재하는 곳이다. 그곳은 이 오염된 세계의 배수구 같은 곳, 삶이 가상적인 순수성과 호화로움을 표명하기 위해 필히 은닉해 두어야 할 치부 같은 곳이다.

삶이라는 것의 물질성이나 육체성 같은 것이 헐벗은 채로 드러나는 곳이 바로 가리봉이다. 거기서 사람들은 가진 것이 없다. 꾸밀 것이 없다. 살아가는 것, 사랑하는 것, 고통스러운 것이 그곳에서는 마치 산이 산이고 물이 물인 것처럼 자연스럽다. 그래서 그곳의 가난과 소외는 남루하고 비속하지만 뜻밖에 성스럽다. 우리는 구태여 갠지스강의 물결에 발목을 적셔 보지 않고도 인간은 벗은 채 와서 벗은 채 돌아가는 존재임을 깨닫게 된다.

386세대의 일원인 필자에게 가리봉은 분명한 기호적 의미를 띠고 다가온다. 그것은 386세대의 구성원들에게 공통적인 세대적 경험을 상기시킨다. 1980년대에 그것은 방직 공장 같은 경공업 업종의 대공장들과 각종 중공업 계통의 소공장들, 이른바 마찌꼬바들이 밀집해 있는 곳으로 노동운동이나 노학연대투쟁을 상징하는 공간적 의미를 갖고 있었다. 가리봉은 1985년경에 있었던 대우어패럴 노학연대투쟁의 중심 공간이었다. 노동자들과 학생들이 연대해서 반독재민주화와 노동자들의 권리 증진을 위해 싸워 나간다는 노학연대투쟁은 이른바 운동권 학생들뿐만 아니라 비슷한 세대적 공감대를 형성하고 있던 학생들이 함께 움직인 삶의 행동이었다. 시간이 흐르면서 이 행동의 의미는 축소되고 386이란

용어는 운동권을 가리키는 말처럼 변질된다. 그러나 본래 그들은 등질적이지 않다. 386은 이질적인 존재들 사이에 가로놓인 어떤 공통성을 지칭하는 말이다. 가리봉은 바로 그러한 공통성, 공통적 경험을 가리킨다. 그것은 1980년대에 체제적 메커니즘에 저항한 삶의 활력의 중심점이었으나 시간이 흐르면서 점차 중심에서 소외되어 나간 어떤 세대적인 힘을 의미한다. 그것은 체제 권력이나 자본의 힘에 맞서는 가난과 소외의 성스러운 힘, 남루함과 비속함이 성스러운 가치로 전환되는 국면을 암시한다.

오늘날 이러한 가리봉의 기호적 의미는 유실되어 버리고 없다. 오늘날의 젊은 세대들에게 그곳은 의류나 신발 따위의 아울렛몰이 밀집해 있는 곳이라는 의미가 강할 것이며 지하철 2호선을 타고 구로디지털단지역에서 내려 찾아가야 하는 첨단산업 및 소비의 집결지라는 뜻을 내포할 것이다. 구로디지털단지라는 명칭과 옛 구로공단역이라는 명칭 사이에는 386세대가 대학을 다니던 1980년대에 태어나 이 2000년대에 20대를 구가하고 있는 젊은이들과 옛 386세대 사이의 단절과 괴리가 가로놓여 있다. 386세대는 고독한 섬처럼 후배 세대들의 거품의 바다 위를 떠돈다. 견식이 넓은 후배 세대들은 그곳에 가면 중국인, 조선족 거리가 있다는 것을 알 수도 있겠지만 왜 그곳에 그런 거리가 형성되었는지 아는 사람은 적을 것이다. 구로공단, 가리봉오거리의 역사는 디지털과 아울렛이라는 거품의 표면 저 아래에 무거운 침전물처럼 가라앉은 채 은닉되어 있다. 이제 그것은 중국인, 조선족 거리의 이름으로 공선옥 씨의 소설이나 김사이 씨의 시집에 등장하지만 젊은 세대들은 그것에 대해서 이해할 필요를 느끼지 못한다. 의무감은 더더욱 없다. 김종삼의 "내용 없는 아름다움"을 가진 북 치는 소년들처럼 젊은 세대들은 젊음과 새로움과 자유를 구가한다. 그것이 거품인 줄 알지 못하는 그들은 무죄다. 무관심과 무지의 죄만 있을 뿐.

김사이 시인에게 가리봉은 어떤 의미를 가지고 있을까? 「사랑은 어디에서 우는가」는 그녀에게 가리봉이 일종의 탈출구였음을 알려 준다. 여기서 그녀는 가리봉을 "나 도망가다 멈춰 선 그곳"이라고 한다. 어떤 이유에선가 그녀는 고향인 해남이나 청년기를 보낸 광주를 떠나 서울로 이주해 왔고, 수중에 돈이 없다거나 학생 때 접해 본 이름이라는 식의 사소하고도 우연한 이유로 인해 가리봉에 정착하게 되었을 것이다. 물론 그것은 어떤 뜻에서는 필연일 수도 있을 것이다.

이제 삼십 대 후반에 접어든 연령에 비추어 보건대 그녀는 386세대라고 할 수 없으며 오히려 386세대와 그 이후에 온 세대 사이에 끼인 세대의 일원이다. 이 끼인 세대는 한때 신세대라 불리었고 심지어 규정이 불가능하다고 해서 X세대라 불리기도 했지만, 그 이후에 온 세대에 비하면 이념적 진보성 면에서 386세대에 훨씬 가깝고 또 어느 면에서는 386세대보다도 강건하고 단순한 순진성을 띤다. 1987년의 민주항쟁 이후에 이십 대에 편입된 이들은 패배를 모르는 만큼 자신에 대한 믿음이 강하고 그런 만큼 판단이 분명해서 원하는 대로, 의지에 따라 행동하지만 그들의 젊은 날들은 386세대처럼 체제에 저항적이지도, 그 이후에 온 세대처럼 체제에 적응되지도 못해서, 탈출과 비상을 꿈꾸지만 체제적 권능을 명료하게 깨치지 못한 까닭에 삼십 대를 통과하면서 기이한 패배감에 사로잡히게 되는 경우가 많다. 그들은 외관상 낙천적이지만 내적으로는 비관적이다. 그들은 표면상 단순한 명랑성을 보이되 때문에 상처가 안에서 커진다.

김사이 씨가 서울에 올라와 가리봉에 정착했을 때 필시 그곳은 앞에서 언급한 어떤 중심의 힘이 급속히 빠져나가면서 침전물로 남게 된 삶의 형상들이 헐벗은 채로 드러나기 시작한 때였을 것이다. 김사이 시인은 저항의 활력이 넘치던 가리봉이 아니라 탈권력적 에너지가 소진되어 가면서 가난하고 소외된 삶의 양상이 헐벗은 채 드러나기 시작한 가리봉을 무대로 어떤 탈출을 위한 삶을 살아가기 시작했고 더불어 시를 써 나갔다. 그러나 이 탈출의 지점이 곧 시대적으로 보면 거품의 이면에 놓인 침전된 공간이기에 그녀의 시에 나타난 가리봉의 삶은 공선옥 씨의 소설에서처럼 가볍거나 투명하지 않고 무겁다. 날것 그대로의 물질적, 육체적 형상이 드러난다.

3

체제와 권력의 중력장에서 이탈해 나가려던 활력을 잃어버리고 찬란한 거품 아래 침전물처럼, 체제적 메커니즘의 막다른 배수구가 되어 가는 가리봉의 삶은 육체의 의지가 선과 악의 윤리적 구분을 넘어선다. 이곳에서는 사랑의 개념이 육체성에 수렴된다. 이곳에서 순결함, 건강함은 무의미하다. 불순하고 부패한 사랑과 이런 사랑의 행위를 통해 삶이 성립하고 연속된다는 사실 자체가 중요하다. 탈출하다 멈춰 선 광산 막장 같은 공간에서 시인은 윤리적 개념의 원조를 받지 않고도 성립하는 삶의 형식들을 발견한다.

재개발도 안 되고 철거만 가능하다는 곳
삶이 문턱에서 허덕거린다
햇살은 아무것이나 붙들어 들어갔다 뺐다 하고

선과 악이 날마다 쌈박질하며

그 속으로 더욱 궁둥이를 들이밀고

달아나려 매번 자기를 죽이면서도 눈을 뜨는

내 바닥 불륜의 씨앗이 작은 방죽처럼 둥그렇게 모여 있는

닭장촌, 정착지도 모르고 날아들었다가

가로등 불빛에 타 죽어 가는 날벌레 목숨 같은

오누이가 사랑을 하고 사촌오빠가 누이를 범해 애를 낳는 그곳

온몸 짙푸른 얼룩을 감추기 위해 더워도 옷을 벗지 않는

엄마가 얇은 시멘트 벽 옆집 남자랑 도망가 없어도

어른이 되어 가는 그곳

수많은 세대들이 서너 개의 공동화장실을 들락거리는 그곳

문밖에 버려진 작은 화초들, 으깨진 보도블록에서 솟아나는 풀들

바다 틈 속에서 살랑살랑 흔들리고 있다

간혹 보일 듯 말 듯한 꽃도 토해 놓고

나 도망가다 멈춰 선 그곳

　　　　　　　—「사랑은 어디에서 우는가」 전문

가리봉이 보여 주는 생존과 생활의 기이한 방식들은 해남에서 태어나 광주에서 성장한 시인에게 일종의 충격이었을 것이다. 광주에서 상경한 그녀가 가리봉에서 발견한 것은 그녀가 목도하고 싶어 했는지도 모를 연대나 상승 대신에 고립과 퇴폐였다. 「출구」라는 시에서, "다섯 갈래 길을 거쳐 모여드는/1994년 여름 구로공단/(중략)/푸른 물결이 출렁거렸던 곳/그 많던 노동조합은 어디로 갔는지"라고 진술하고 있듯이 김사이 씨의 시에서 소위 노동해방 문제나 노동문학의 소재지로서의 가리봉의 기억은 희미하다. 노동자들의 모습이 노동해방 따위의 개념어로 등장하지 않는다는 점에서 김사이 씨의 시는 현재적이다. 그녀의 시에서 가리봉은 즉물적인 삶의 처소라는 이미지가 강하다. 필자가 주목한 바 있는 이기인 시인의 『알쏭달쏭 소녀백과사전』에 그려진 방직 공장의 소녀들처럼 김사이 씨의 시에 나타난 삶의 형상들 역시 윤리를 초월한 기이한 물질성과 육체성을 드러낸다.

이 기이한 풍경을 시인은 환유적인 병렬, 병치의 수법으로 열거해 나간다. 우선 이 시집의 1부에 실린 가리봉 '연작'들은 사실상 모자이크적인 병치 효과를 겨냥한 작품들이라 할 수 있다. 햇볕이 타는 한낮에 술에 취한 채 슬리퍼만 신고 술에 취해서 돌아다니는 남자의 모

습(「가리봉 엘레지」), 헐려 나갈 벌집들, 닭장촌 집에서
오누이가 사랑을 하고 사촌오빠가 누이를 범하고 남편
에게 얻어맞기만 하는 여자가 옆집 남자와 도망을 가는
사연들(「사랑은 어디에서 우는가」), 겨울에서 봄으로 넘
어가는 가리봉오거리 공단의 황량한 모습들(「초록눈」),
엄마 없는 생활에 지친 아이의 모습(「민경이」), 인력사무
소 앞에서 일당을 세는 일용 노동자들 풍경(「세다가 새
는」), 노래방, 식당, 모텔, 대화방, 술집 따위에서 구로공단
시절의 노동과 같은 일을 해 나가는 여성들의 형상(「달
의 여자들」) 같은 갖가지 풍경들, 물상들이 시집의 1부
전반에 걸쳐 넓게 산포되어 있다.

가리봉이라는 곳이 선사하는 너무 많은 풍경들, 물상
들은 그녀로 하여금 단순하고 투명한 리듬의 언어를 구
사하도록 하지 않는다. 그녀의 시에서 시행들은 물상들
의 병렬, 병치로 연결되고, 또는 그것들의 단속으로 이루
어진다. 하나의 풍경, 하나의 물상은 이것들과 서로 연관
되는 유사한 이미지의 풍경, 물상들의 연쇄를 이끌어낸
다. 예컨대,

오누이가 사랑을 하고 사촌오빠가 누이를 범해 애를
낳는 그곳
온몸 질푸른 얼룩을 감추기 위해 더워도 옷을 벗지

123

않는

　엄마가 얇은 시멘트 벽 옆집 남자랑 도망가 없어도

　어른이 되어 가는 그곳

—「사랑은 어디에서 우는가」 부분

　햇빛 거부한 창은 틈을 만들지 않고

　빗물 배인 거무튀튀한 천장

　형광등에 대롱대롱 집 지은 거미가 있는

　좁은 부엌 시멘트 바닥에 엉덩이 까고 오줌을 갈겨도

　아무도 욕하지 않는 이곳

—「숨어 있기 좋은 방」 부분

　담벼락에 달라붙어 눌은 먼지들 빈 담뱃갑

　썩은 나뭇잎 비닐봉지 팔다리는 물론 머리 없는 나무들

　한겨울 매일같이 옷깃 세우고 지나다닌 길

—「초록눈」 부분

같은 시행 배열은 서울이라는 찬란한 이름의 배수구가
보여 주는 기이한 삶의 국면을 가능한 한 폭넓게 포착
하려는 의도를 드러낸다. 스산하고 남루한 풍경들, 벌집
같은 방과 싸늘한 거리, 공단의 철책 같은 것들, 사람살
이의 이모저모, 이국에 일하러 온 사람들의 모습, 여자

들, 노인들, 아이들, 버려진 목숨들 같은 것들이 시행마다 행이 좁은 듯 느껴지게 들어차 있다. 동음이의어의 조합이나 배행, 배연상의 작은 변화들, 비약보다는 축조적으로 어휘와 어구를 배열해 나가는 방법들 따위가 이런 병렬, 병치적 방법을 보조한다. 이처럼 다양한 어휘들과 시적 장치들로 인해 김사이 씨의 시들은 고요하거나 평온하지가 않다. 그녀의 시들은 어떤 소리 없는 아우성들로 들끓고 있는 것 같다. 그것은 짓눌린 육체와 영혼의 목소리들 같다. 헐벗고 굶주린 육체, 가난한 영혼들로 인해 이 시집을 읽는 독자들은 내내 편안치 못할 것 같다.

4

한편 이 시집이 보여 주는 중요한 국면 가운데 하나는 자기 자신의 모습, 존재 방식이나 현재 상태 같은 것에 대한 질문을 버리지 않고 성찰을 해 나가는 화자의 모습이다. 이러한 화자의 존재로 말미암아 김사이 씨의 시집은 단순한 가리봉 연가가 아니라 존재의 불안정성을 딛고 새로운 자기를 만들어 나가려는 여성 화자의 자기 응시를 담은 시집으로서의 의미를 함축한다. 이러한 화자의 질문은 크게 세 개 층위에서 이루어진다. 여성으로서의 자신, 한 개체로서의 자신, 그리고 하나의 생

명을 품은 존재로서의 자신에 대한 물음이 그것이다. 이
시집에서 우리는 이러한 세 개의 층위 혹은 차원을 대표
한다고 할 수 있는 각각의 시들을 찾아볼 수 있다.

> 2박 3일 술을 마시고 깬 오후 5시
> 까끌까끌한 속이 쓰리다 못해 아프다
> 부스스한 머리를 그대로 들고 나간다
> 햇살과 바람이 어린이날 아이처럼 춤춘다
> 발길이 불쑥 순댓국집으로 들어간다
> 서너 개의 탁자가 놓여 있는 작은 순댓국집
> 시끌시끌하다
> 밥 한 공기를 말아서
> 뚝배기에 얼굴을 박고 우적우적 먹는다
> 흐르는 땀을 닦기 위해 머리를 드니
> 옆 탁자 노가다꾼들이 소주잔을 부딪치며
> 오야지니 데스라니 일 이야기를 한다
> 내가 다시 머리를 박고 숟가락을 놀리자
> 갑자기 말소리가 낮아지고 소곤거린다
> 아랑곳없이 뚝배기 바닥까지 긁고 난 후
> 자리에서 일어서자 시선이 모아진다
> 순간 휘이익 둘러보니 난 여자였다 젊은 여자
>
> ──「어떤 오후」 부분

사람들과 술을 마시다가
벌떡 일어나 화장실로 간다
내가

그냥 한참을 서성거리다
그래 서성거리다가
눈에 띈 가위를 들더니
무작정 머리카락을 자른다

듬성듬성 잘려 나간
다 잘려지지 않은
날 본다
널 본다
내가

술자리로 돌아가자
사람들이 놀라서 아무 말 없이 쳐다본다
익숙하기는 하지만
나는 늘 처음 보는 사람이다
나에게조차

—「얼굴」 전문

창문에 달라붙은 나방 한 마리

그 자리에서 빙빙 돈다

문이 열려 있어도

나가거나 들어오거나 하지 못한

눈먼 아니 아무것도

찾지 않는 한 마리 나방

팔딱거리는 가슴 때문인지

누워서도 쉴 새 없이 날개를 파닥거린다

무엇을 향한 갈증인가

날개가 찢어지고 쏟아지는 비틀린 언어들

침묵 속으로 둥글게 둥글게 말리는, 몸뚱이는

다시 애벌레로

생에 한 번 나방은

시를 쓴다

棺으로

—「나방」 전문

「어떤 오후」는 저녁 무렵의 일화를 소재로 삼은 것이다. 필경 시인 자신과 동일인일 이 시의 화자는 숙취에서 깨어나지 못한 몸으로 어슬렁어슬렁 순댓국집을 찾아 들어간다. 일용공 노동자들 틈에 끼어 순대국밥 뚝배기를 바닥까지 비우고 일어나는 화자를 향해 모여지는 시선들. 전혀 예기치 않았던 상황 속에서 그녀는 문득 자신이 "여자"임을 재인식한다. "순간 휘이익 둘러보니 난 여자였다 젊은 여자"라는 1연의 마지막 시행은 화자가 맞닥뜨린 난처한 상황을 위트 있게 표현하면서 방랑기 많은 생활 속에서 잊어버리다시피 한 자기 자신의 성적 정체성에 대한 인식을 아주 흥미롭게 드러낸다. 여성적 정체성의 인식은 이 시집이 표면적으로 드러내고자 하는 테마가 아니지만 시인 자신을 가리키는 여성 화자의 지시적 속성으로 말미암아 시집 전반에 걸쳐 고루 삼투되어 있다.

「얼굴」 역시 흥미롭기는 마찬가지다. 「어떤 오후」가 일상에서 조우한 자신의 성적 정체성에 대한 재인식의 이야기라면 「얼굴」은 개체로서의 자기 자신의 심연을 묘사한 것이다. 여기서 시인은 어느 날 술을 마시다 문득 화장실에 들어가 가위로 머리카락을 뭉텅뭉텅 잘라낸 사연을 이야기한다. 자기 귀를 자른 고흐처럼 자기 머리카락을 잘라 버렸다는 것이다. 다 잘리지 않은 머리카락을 가진 거울 속의 자기를 바라보는 자신, 그런 히스테리적인 절규 충동을 가진 자신은 어떤 사람일까. 이 시의 마지막 행에서 화자는 자신이 그런 자기에 대해 익숙하다고 한다. 그러면서도 늘 그런 자기가 낯설다고 한

다. '나'는 어떤 사람인가? 시집 속에 등장하는 '나'는,

> 지금은 이곳에 있는 내가 낯설다
> 언제부터일까
> 이방인들 틈에 내가 이방인같이 보이는 이곳
> 어느 사이에
> 국적도 피부색도 방해가 되지 않는
> 낯선 것을 느끼는 동시에 낯익어 있는
> 정체 모를 이 끈적함
>
> ─「이방인의 도시」 부분

이라는 시행이 말해 주듯이 자기 자신조차 납득하기 어려운 낯설음을 가진 사람이며,

> 서방도 새끼도 없으면서
> 덜 벌고 덜 쓰고 덜 먹어도
> 끝내, 자유롭지 못하네
>
> ─「쉼표를 못 찍는 이유」 부분

라는 시행이 보여 주듯이 자기 자신을 냉혹하게 비난할 줄 아는 사람이다. 나아가 이 '나'는 아래의 「문」이 보여 주듯이 유년 시절의 상처 가득한 기억을 안고 살아가는

사람이기도 하다.

한글도 다 못 읽는 여덟 살 아이는 붉은 노을이 어둠에
끌려갈 때 산자락 끝을 따라 언덕을 넘고 밭둑을 걸어 또
다른 언덕에 오른다 언덕 위에서 내려다보이는 담도 없는
함석지붕 집 소리도 가라앉아 스멀스멀 피어오르는 두려
움에 덜컥 심장이 벌렁거리고, 시커먼 문이 성큼성큼 달
려든다 마치 쑤욱 빨려들 것 같은 검은 구멍, 엄마 따라 가
끔 놀러 갔던 그 집 부엌이라고 알면서도 쿵쿵거리는 가
슴은 어쩌지 못하고 풀숲에서 발목을 잡아당기는 착각마
저 든다 다른 차원으로 향하는 홀 같은, 아버지를 미워하
던 일 남자 행세했던 일 공부 못하는 주인집 아들을 때린
일, 꾹꾹 감춰져 있던 죄의식들이 뛰쳐나오는 듯 몸뚱이
덜덜거린다 땅거미가 나를 거두어 깊숙해지자 최초의 그
문은 어둠 속으로 점차 사라진다 잊어버린 듯 어둠 속에
묻어 놓고 있었다 하필이면 지금, 내 앞에 그 문이 다시 나
타났다 그날 옴짝달싹 못 하고 굳어 버린 채 심부름으로
들고 갔던 저울, 저울을 찾으러 난 다시 그날 언덕 위로 올
라간다 홀린 듯 끌린 듯 여덟 살 아이는 없고 더 어린, 아
이가 그 자리에 서 있다 문, 하염없이 엄마를 기다리는 어
린아이의 초점 없는 하얀 눈이 있다

—「문」전문

본래 상처가 많은 사람은 체제나 메커니즘에 적응하기 어렵다. 이런 점을 가리켜 유산계급의 입장에서 비난하기 좋아하는 사람들은 콤플렉스를 가진 사람과는 사귀지 말라든가 가난한 사람은 비뚤어지기 쉽다든가 하는 언사를 부끄러움 없이 사용하곤 한다. 그러나 상처를 입은 사람은 상처로부터 자유롭고자 투쟁해야 할 것이 많고 큰 법이다. 상처를 응시하고 객관화함으로써 그것으로부터 자유롭게 되는 법을 터득할 수 있게 되는 법이다. 이 시집의 화자가 해남, 광주에서 벗어난 것, 가리봉으로 떠나온 것, "떠나야겠다/시가 너무 오래 머물러 있었다"(「머물기 위해 떠나다」)라면서 자신의 시가 시작된 고향이자 "젊음의 덫이기도 했던"(「머물기 위해 떠나다」) 가리봉에서마저 떠나려 하는 것 등은 자기 자신의 개체적 운명을 결박하고 있는 주술적인 어떤 힘에서 벗어나고자 하는 내적인 싸움의 표현이라고 해야 할 것이다.

5

김사이는 관찰력과 직관력이 뛰어난 시인이다. 이러한 그녀의 면모를 잘 보여 주는 세 번째 차원의 시가 바로 「나방」이다. 여기서 시인은 창문에 달라붙어 파닥거리는 나방의 모습을 "비틀린 언어들"이라고 묘사한다.

이러한 표현은 시인이 몸부림치는 나방의 모습에서 자기 자신의 운명을 엿보았음을 의미한다. 시인은 여기서 더 나아가 나방이 한 번의 생에 한 번의 시를 쓴다고 한다. 그리고 여기에 "관으로"라는 주석을 덧붙인다. 대문자로 쓰여지는 시는 언제나 완성을 의미할 것이다. 산문이 파편화된 삶과 현실을 상징한다면, 시는 그 이전 혹은 이후의 통일과 총체성을 상징한다. 시를 쓴다는 것은 삶의 파편성을 지양하여 어떤 완성을 지향한다는 것이다.

나방의 죽음에서 그런 완성을 갈파할 줄 아는 시선은 비범한 것이라 하지 않을 수 없다. 이것은 사물의 이면을 보는 추상적 사고력과 상징적 상상력 없이는 발휘되기 어려운 성질의 것이다. 이 시집은 이러한 시인의 면모를 엿볼 수 있게 해 주는 여러 편의 시들을 보유하고 있다고 말할 수 있다. 필자는 특히 「가리봉 성자」, 「카타콤베」, 「꽃」, 「기름때와 계급」, 「몸말」, 「환영」, 「가이아」 같은 시들이 발산하는 매력을 높이 평가하고자 한다.

이 시들에서 시인의 시선은 대상의 표면을 헤치고 이면에까지 도달하여 그 본질을 파헤치려는 의지를 보여 준다. 이 본질이란 삶이나 생활의 진실일 수도 있고, 존재의 숨은 가치일 수도 있으며, 대상의 사회적 의미일 수도 있다. 그 어느 쪽이든 화자는 자기 자신을 응시할 때

와 같은 높은 관찰력, 직관력을 발휘한다. 예를 들어 「몸
말」 같은 시를 한번 살펴보자.

> 밥 짓는 내음 어슴푸레하게 깔린 예불 시간
> 목련 꽃봉오리 같은 비구니가 종을 친다
> 흘깃거리는 그녀의 눈꼬리엔
> 情이 고통스럽게 주름져 있어
> 온몸으로 터져 나오는 종소리는
> 산 너머 너머로 커다란 바위틈으로 파고들며
> 생의 불륜 속으로 불륜으로
> 그렇게 비구니의 몸이 울린다
> 그 울림의 꼬리를 감은 어둠은 깊고
> 대웅전 왼편으로 천년 잠을 자는 와불은
> 여전히 말이 없다
> 말이 되지 못한 것들이
> 큰 산을 잠재우고
> 깊은 곳 버려 둔 영혼을 깨운다
> 그녀가 가고 난 자리에
> 내 살아온 지난 말들이 절룩거리며 일어섰다
> 다리는 후들거리고 멍해져
>
> ―「몸말」 전문

여기서 "흘깃거리는 그녀의 눈꼬리엔/情이 고통스럽게 주름져 있어"라는 표현이나 "그 울림의 꼬리를 감은 어둠은 깊고" 같은 표현은 얼마나 적실하고 또 주밀해 보이는가. 또 「꽃」 같은 시에서 시인은 밤일을 나가는 여인네들을 다음과 같이 노래한다.

아직 속살 파고드는 찬 기운에
꽃 핀다 꽃 핀다, 밤마실 나가는 꽃들

도시 주택가 골목에 작은 술집 하나 부산하다
동네 아저씨들 가끔 드나드는 그곳
늙은 아가씨들 달빛 환한 밤에 꽃 따러 나선다
몇 그루의 나무들이 그녀들을 맞이하려는 듯
가지들을 쫙 펼치고
달빛은 더 높아져 투명하기만 하다
열매 맺지 못한 늙은 꽃들은
꽃나무 밑으로 폴짝폴짝 뛰어간다
고향도 사랑도 내일 받을 손님도 잔금이 얼마나 남았
는지도
모두 잊고, 그저 가만히 놔두고
풋내 나던 시절로 돌아가 재잘거린다
중심을 돌아 돌아 오니

먼 곳도 가까운 곳도 아닌

중심으로 와 있는 그녀들에게

달빛은 부서져 내리고 나무들은 머리카락을 넘겨 준다

꽃이 아니어도 꽃이 되는 시간에 있는 그녀들

다시 꽃 핀다

대추나무 작은 잎들이 달빛에 몸을 바꿔 꽃이 되어

작은 꽃잎 하나씩 어깨 위로 떨구어내고

푸른빛 돋아나기 시작하는

이른 봄 어느 날

크고 작은 하얀 꽃잎들이 흩날리던 밤에

―「꽃」 전문

삶에 지쳐 있을 법한 "늙은 아가씨들"의 모습이 이 시에서는 어쩌면 그렇게 아름답고 낭만적으로 나타나는지. 이것은 현실 모르는 천진한 낭만이 아니라 현실을 타고 넘어 삶의 진실에 도달하고자 하는 시선에 포착된 낭만적 아름다움이다. 마지막으로 「가이아」라는 시를 마저 인용해 보기로 한다.

몸부림치면서 살덩이들을 물어뜯는다

폭식증 거식증에 시달리면서도 살덩이들 놓지 못한다

뚱뚱해서 복스러운가 전혀, 현모양처다 그렇지 않다

사랑을 나누고 싶은 마음이 들지 않는다 뚱뚱하다고 때
로는 둥근 배 때문에 게으르다, 그러나
　여자는 뚱뚱하다

　몸뚱이는 생명을 품은 집이다
　씨가 들어와서 자리를 잡으면 본능적으로 흐름을 바
꾸어
　때를 기다리며 고요히 키워 간다
　자꾸 꿈틀거리는 생명체의 신호를 느끼면
　숨이 넘어갈 것 같은 고통과 공포감을 넘어
　세상으로 쑤욱 밀어낸다
　몸 안에 한 생명이 같이 숨 쉬면서 내가 먹는 것을 먹고
내가 웃을 때 웃고 슬플 때는 슬픔을 느끼는,
　한 생명을 품을 수 있는 작은 집 몸뚱이
　똥배인지 젖가슴인지 구분이 안 되는 뚱뚱한
　이 몸 안에 네가 느끼지 못하는 두려움이 있다
　한 달에 한 번씩 핏덩이를 쏟아내며 준비하는
　몸뚱이는 너의 처음이고 끝이다

　생명 하나 품어 본 것들은 알 것이다
　크든 작든 또 다른 생명을 숨 쉬게 하는 몸뚱이가
　항상 쓸쓸하지만은 않다는 것을
　나는 뚱뚱한 여자니까

　　　　　　　　　　　　　　　—「가이아」 전문

여기서 시인은 폭식증, 거식증에 시달리는 뚱뚱한 여인의 몸을 가이아, 즉 풍요로운 대지의 여신에 비유함으로써 현대적인 성적 취향에 의해 혐오시, 부정시되곤 하는 뚱뚱한 여인의 감춰진 의미를 이끌어낸다. 이 시집은 이처럼 평범, 평속한 시선으로는 포착할 수 없는 시적 양상들을 풍부하게 내장하고 있다.

「머물기 위해 떠나다」에서 진술했듯이 시인은 『반성하다 그만둔 날』을 하나의 통과의례로 삼아 그 자신을 오랫동안 붙박아 두었던 가리봉에서 떠나려는 듯하다. 가리봉이라는 중심의 중력권에서 벗어나 궤도를 잃어버린 밤하늘의 떠돌이별 같은 존재가 되어 시인은 과연 어디로 어떻게 나아갈 것인가. 『반성하다 그만둔 날』이 발산하는 히스테릭한 기운과 직관력, 시들을 구성해 나가는 배행, 배련의 언어적 기술들, 상황을 압축적으로 요약해 보일 수 있는 솜씨는 이 시인의 미래가 만만치 않음을 말해 준다.

이 나라의 남쪽 땅 끝에서 태어나 서울의 마지막 비상구에서 숙성기를 보낸 이 시인이 세상에 나와 만들어갈 시의 길은 과연 어떤 모습일지? 만약 여기서 그녀의 언어가 롤케이크처럼 둥글게 말아 올려질 수 있다면? 그렇다면 우리는 그녀가 무엇을 어떻게 쓰든 오늘과 전혀 다른 내일의 시인을 만날 수밖에 다른 도리가 없게 될

것이다. 『반성하다 그만둔 날』은 바야흐로 어미와 전혀
다른 새로운 생명을 잉태하려는 자궁처럼 보인다. 필자
는 이 미지의 시인에게 내일의 기대를 표명해 보고 싶다.

노동의 정동과 여성(성) 발견

장은영(문학평론가)

1

2022년 봄, 한 시간의 점심시간도, 병가도 허용되지 않는 반인권적 노동 환경 개선을 요구한 한 청년 노동자의 단식 투쟁이 53일 만에 중단되었다. 한국 사회의 민주주의나 선진국 대열에 든 경제 규모가 무색할 만큼 "생이 허기"(「고양이 두 마리」)지는 노동자의 삶은 위태롭기만 하다. 그런데도 어째서 이 시대의 '노동'은 공론장에서 밀려나 개인의 선택과 책임의 문제로 떠넘겨지는 것일까? 자율적인 경쟁을 동력으로 삼은 신자유주의 시대의 금융자본주의는 노동 없이 증식하는 자본이 삶을 구원하리라는 환상을 퍼뜨리고 있다. 자본의 구원은 오로지 개인의 욕망과 능력에 달린 것처럼 여겨지고 말았다. 오늘의 자본이 인간을 위해 복무하지 않는 자기 증식의 체제임을 모두 알고 있지만 그것만이 삶을 구원하리라는 환상은 포기하기 어렵게 되었다. 노동자들이 산업재해로 목숨을 잃거나 살기 위해 목숨을 건 투쟁을 벌이고 있어도 대기업의 횡포로 나타나는 자본의 비윤리성을 탓하지도 분노하지도 않는 사회의 근간에는 그들(대기업, 거대 자본)이 내 삶을 구원하리라는 환상이 존재한다. 그러나 그 환상을 좇으며 우리의 노동과 임금을 개인의 능력과 노력에 대한 대가로만 환산할 때 이 체제가 안고 있는 모순과 불합리는 사적 영역에 전가되고 무능력한 개인의 몫으로 남게 된다. 아무리 생각해도 이 시대의 자본은 인간의 존엄보다 자본 스스로의 존엄을 위해 존재하는 것만 같다. 이것이 허기진 봄을 보내며 확인한 노동의 현실이고, 김사이의 시가 오래전부터 전하고 있었던 메시지이기도 하다.

2008년 출간되었던 『반성하다 그만둔 날』(실천문학사)은 IMF 외환위기 이후 노동 환경의 변화를 배경으로 여성 노동자의 목소리를 담은 김사이의 첫 시집이다. 김사이는 2000년대 이후 뚜렷해진 자본의 진화를 글쓰기의 새로운 조건으로 삼으며 "자본에 잠식된 노동은 참된 의미를 잃어버렸"음을 지적하고 관습적인 계급적 각성과 자본에 대한 반성의 중단을 표명했다. 돌이켜 생각해 보면 반성의 중단을 통해 김사이가 제기한 것은 균열이 없는 자본에 대한 환상일지도 모른다. 김사이는 계급과 국경 등의 경계마저 흡수해 버리는 자본의 위력을 목격하면서 구원의 환상을 벗어나 인간을 위한 노동을 회복하기 위해서는 노동을 거부하거나 노동의 의미를 재창조할 수밖에 없는 시점에 이르렀음을 직감했던 것 같

* 김사이, 「우리는 자기 나름대로 지난 시간을 견뎌 왔다」, 《실천문학》 2013년 가을호, 141쪽.

다. 자본에 종속된 노동과 자본의 폭력 속에서 훼손된 육체를 관통하는 두려움, 분노, 자조, 절망이 뭉뚱그려진 고통의 감각을 발화하기 위해서 김사이에게는 시적 언어가 필요했다. 시적 언어에 포착된 노동의 정동affect은 합리적 의미로 환원될 수 있는 감정이나 정서는 아니지만 이 시집에서 확연히 느껴지듯이 우리 사회가 암묵적으로 합의해 온 노동의 필연성이나 윤리 등을 초과하며 노동이 어떻게 인간다움을 박탈하고 있는가를 드러낸다.

한마디로 김사이의 시는 죽은 노동을 거부하는 언어였다. 또한 자본에 종속되지 않는 인간의 노동을 상상하는 언어였고, 이 사실은 자본에 대한 환상이 더욱 견고해진 지금도 유효하다. 초판본 그대로 복간본에 실린 54편의 시들은 여성 노동자의 발화를 통해 자본의 폭력과 노동에 개입된 성적 차별을 보여 주고 있다. 하지만 여성 노동자의 육체를 관통하는 노동의 정동은 강렬한 절망의 강도만큼 다른 상태로 도약하는 동력으로 전환된다. 그것은 노동의 주체로 하여금 자본의 폭력을 거부하는 존재가 되기를 희망하게 하고, 노동하는 육체가 자유를 갈망하고 사랑을 나누며 생명을 품는 인간의 육체라는 점을 잊지 않게 한다. 그래서 김사이의 시를 다시 읽는 시간은 균열을 환상으로 봉합하는 자본의 기만을 마주하는 일이자 자본이 인간에게서 박탈한 노동의 의미를 재발견하는 이중의 계기로 다가온다. 이 경험에 동참하기 위해서 그리고 오늘의 노동이 처한 현실을 잊지 않기 위해서 김사이의 노동과 생활 그리고 시 쓰기가 시작된 기원적 장소로 돌아가 보려고 한다.

2

'그녀'를 따라 가리봉으로 간다. 아직 개발이 진행되지 않은 좁은 골목에 들어서면 2층 주택의 낡은 계단들이 쏟아질 듯 위태롭다. 아래층과 위층을 분리하는 계단은 균열을 머금은 채 세대와 세대를, 방과 방을 나누기 위해 안간힘으로 버티고 있다. 이른바 벌집촌으로 불리던 가리봉은 한국 자본주의의 성장 과정이 고스란히 각인된 장소이다. 1960년대 중반 국가 주도로 섬유, 봉제 업체가 들어선 이후 1970~80년대엔 수출 신화를 일군 산업 역군으로 불린 노동자들의 도시였던 이곳은 1990년대 이후 공장 대신 IT 벤처 산업체들이 들어섰고, 자본을 따라 국경을 넘어온 조선족 이주민들의 거주지로 탈바꿈하기 시작했다. 구로공단이라는 이름 대신 디지털단지로 바뀐 가리봉은 김사이 시의 화자인 '그녀'가 머무는 장소로서 노동의 과거와 현재를 집약적으로 보여 주는 곳이다. 이 시집에 수록된 시들

가운데 유년 시절과 가족사를 담은 2부를 제외하면 대부분의 시는 2000년대 초중반 가리봉에서의 기록이다. 「가리봉 엘레지」에서 말한 것처럼 시인에게 가리봉은 "아직 뱉어내지 못한 징그러운 삶"이 있는 장소이다. "시장 복판에서 한바탕 몸씨름과 입씨름을 하"다가 "여자에게 허리춤 잡혀 끌려가"도 "무사無事"한 가리봉의 일상에 시인이 엘레지를 바쳤던 이유에는 한바탕 싸움으로 삶의 고단함을 견디는 가난한 이들에 대한 연민이 없지 않다. 하지만 진짜 이유는 자본의 말단부에 있는 자들이 피할 수 없는 삶의 위기에 있다. "눈을 크게 치켜떴을 때/문득 구로공단이 달라져 있"고 "아파트형 공장 굴뚝에서 연기가 나"(「이방인의 도시」)는 시대의 변화 속에서 "30여 년 전 산업화의 발과 손이었던/여공"이 "노동운동사의 유물로 사라지고" 이제는 "불법 체류자로 낙인찍혀도 국경을 넘는 아시아 여성이/돈 벌러 홀린 듯이 모여드는"(「달의 여자들」) 가리봉의 풍경은 산업자본주의 시대가 막을 내리고 글로벌 신자유주의 체제로 전환되고 있음을 구체적으로 보여 준다. 그런데 시인에겐 자본 체제의 전환 과정에서 휘청이는 사람들이 위태롭게만 보인다. 폐업, 구조조정, 해고란 말이 전염병처럼 퍼지자 일자리를 잃은 사람들의 "삶이 통째로 휘청"(「민경이」)이고 있다. 시인이 가리봉에서

감지하는 삶의 위기는 여기서 그치지 않는다. 한때는 "노동자문학회가 한 시절 숨을 쉬었던" 곳이었지만 가리봉에도 "새로운 중산층이 머물면서" "야금야금 집값이 오르자 땅따먹기 싸움에 불이 붙고/차이나타운 가리봉시장도/재개발 열차에 탑승"(「출구」)하는 자본의 꿈이 부풀기 시작했기 때문이다. 노동의 가치가 팽개쳐지고 믿을 만한 것은 자본의 증식밖에 없다는 자본의 환상이 신앙처럼 들어선 것이다.

　　김사이는 가리봉에 일어난 일련의 변화를 지켜보며 "일상의 중심"이 "느닷없이 깨"(「고양이 두 마리」)지는 듯한 감각에 사로잡힌다. 시집 곳곳에서 화자들이 발화하듯이 "중심에 있었다고 생각하는 순간 아무것도 보이지 않는/찰나"(「이방인의 도시」)를 직면하게 되고 "자꾸 뒤를 돌아"보아도 "중심이 잡히지 않는"(「목련」) 무중력 상태를 경험한다. 이와 같은 감각의 표출은 김사이가 인식의 균열을 느끼고 있음을 짐작하게 한다. 이 균열의 감각은 삶의 방향 상실이나 가치의 혼란과는 달리 세계와의 관계 속에서 자기 인식을 갱신하는 데 따른 경험으로 보인다. 김사이가 드러낸 자기 인식의 균열은 반성을 중단하는 계기로 이어진다는 점에서 하나의 사건이라고 볼 수 있다.

처음 만난 사람들 속에서 술을 마신다

말을 새로 배우듯 조금씩 취해 가며

자본가와 노동자를 얘기하다가

비정규직 부당해고에 분개를 하고

여성해방과 성매매를 말하며 반짝이는 눈동자들 틈에

입으로만 달고 다닌 것 같은 시가 길을 헤매며

주섬주섬 안주만 챙긴다

엉거주춤 따라간 나이트클럽에 취해 돌아보니

얼큰히 달아오른 얼굴들이 흐물거리고

춤을 추는 무대 위엔 노동자도 자본가도 없다

(중략)

도처에 흔들리는 일상들

등급 매기지 않기로 했다

—「반성하다 그만둔 날」부분

　「반성하다 그만둔 날」에서 화자가 경험한 일상에 대
한 반성은 결과적으로 반성을 중단하는 계기가 된다. 동
료들과 모인 자리에서 화자는 "비정규직 부당해고"와
"여성해방과 성매매" 등 이 체제의 부당함과 폭력을 비

판하는 반성적 주체의 모습을 보여 주는데, "엉거주춤 따라간 나이트클럽"에서 "한 덩어리가 되어 출렁거"리는 사람들을 목격한 후 화자의 태도는 달라진다. 자위적 욕망을 분출하며 "춤을 추는 무대"가 "자본의 꿀맛"에 취한 이 세계의 축소판으로 보였기 때문이다. 일상에 스며든 자본의 유혹을 뿌리칠 수 없는 인간의 욕망을 마주한 순간 화자가 마음에 품고 있던 날 선 경계들은 균열을 일으키고 만다. 이때 화자가 비로소 이해하게 된 것은 인간을 자신의 욕망에 굴복한 존재로 만든 자본의 작동 원리이다. 자본을 향한 욕망이 계급적 경계마저도 무화시키는 현실 앞에서 화자는 "도처에 흔들리는 일상"에 "등급 매기지 않기로 했다"는 말로 반성의 중단을 표명한다.

반성의 중단이 의미하는 바는 첫째, 화자 자신 역시 자본이 탄생시킨 욕망의 체제에 속해 있음을 인정한다는 것과 둘째, 반성적 주체로서 확고한 중심으로 삼았던 자기 인식을 스스로 해체하고자 시도한다는 것이다. "가슴속 어디선가 천상과 지상/경계 무너지는 소리"가 "투두둑, 툭"(「환영」) 들리는 건 시적 화자가 반성적 주체가 아닌 다른 상태로 이행하고자 하는 충동을 느끼고 있음을 말해 준다.

하필이면 가리봉이었을까
세상의 흑백이 치열하게 공존했던
공단지대 구로동 가리봉오거리
끊임없이 날기만을 기다린다

(중략)

내 시가 시작된 곳
젊음의 덫이기도 했던
이 거리 구석구석 몸에 새겨졌다

떠나야겠다
시가 너무 오래 머물러 있었다

　　　　　　　　　　　　—「머물기 위해 떠나다」 부분

　　김사이에게 중심의 해체란 자기 시가 시작된 장소인
가리봉을 떠나는 상징적 행위로 나타난다. 알려져 있는
것처럼 가리봉은 '김사이'라는 글쓰기 주체의 기원과도
같은 "노동자문학회가 한 시절 숨을 쉬었던 곳"(「출구」)
이다. 시를 쓰기 위하여 "흑백이 치열하게 공존했던" 가
리봉을 떠나는 것은 자기 인식에 대한 반성과 함께 글
쓰기 주체로서 태도의 전환을 시도하겠다는 의지로 해

석된다. '나'는 시선의 주체이거나 동일성의 사유를 반복하는 반성적 주체이기를 중단하고 이 세계에 속한 노동하는 육체로서 발화하고자 한다. 다시 말해 '나'는 "흑백"의 논리로 규정되는 가리봉의 의미보다 자신의 육체에 각인된 노동의 흔적들을 헤아려 봄으로써 노동하는 육체가 경험하는 정동에 몰입하고자 한다. 노동하는 육체를 통해 포착하게 되는 정동은 노동 행위 그 자체에 대한 감각과 다른 것이다. 예컨대 「카타콤베」에서 화자가 노숙자로 가득한 지하도를 지나가면서 "소름 확 끼치는" 감각을 경험했던 것처럼 정동은 육체를 관통하는 섬뜩하고도 거북한 감각의 경험에 가깝다.

IMF 이후 홈리스가 모여든 서울 중심가의 지하도는 자본과 노동에서 배제됨으로써 사회적 죽음을 선고받은 살아 있는 자들의 무덤과도 같다. 자의이건, 타의이건 자본 체제에서 도태된 자들은 썩은 냄새를 풍기는 "거대한 짐승들"처럼 그곳에 전시되어 있다. 그곳을 지나면서 육체를 사로잡은 정동의 실체와 원인은 명료하게 이해되기 어려운 것이지만 화자가 경험한 것은 노동에서 배제된 자들을 지하에 매장한 채 그 위에 화려한 불빛을 밝히는 기만적 세계에 대한 육체의 반응이다. 화자는 "인간에 대한 두려움"(「카타콤베」)이라는 말로 그것을 설명하기도 하는데, 여기에는 살아 있는 자들의 무덤을 방치한 채 자본에 대한 추앙을 멈추지 않는 인간성에 대한 섬뜩함과 함께 그들처럼 전락하지 않기 위해 자본과 공모할 수밖에 없는 자신을 향한 자조와 절망도 섞여 있다.

육체를 관통하는 정동은 자본이 인간을 어떻게 길들이는지 보여 준다는 점에서 쉽게 간과할 수 없는 증상이다. 「카타콤베」가 말하듯이 이 체제에서 우리가 노동을 긍정하지 않으면서도 이렇게 열심히 노동하는 현실의 이면에는 죽음의 공포가 도사리고 있다. 자본은 죽음의 공포를 도시 여기저기에 전시함으로써 노동을 거부할 수 없게, 자본과의 공모를 거절할 수 없게 만든다. 노동의 정동을 포착하며 김사이의 시가 발견했던 것은 자본의 환상을 욕망하는 주체의 이면에는 죽음의 공포에 사로잡힌 육체가 있다는 것이다.

3

노동하는 육체에 쏟아지는 자본의 폭력은 계급만이 아니라 성과 인종 등 또 다른 범주의 질서나 위계와 교차하며 발생한다. 자본의 폭력이 여성 노동자의 육체 위에서 더 가혹해지는 이유는 이 때문이다.『반성하다 그만둔 날』에 등장하는 화자는 대부분 비정규직 여성 노동자인데, 김사이의 시가 여성 노동자의 발화로 쓰인 이유는 성적 위계가 자본과 교차하며 나타나는 폭력이 너무도 일상적이고 포괄적이기 때문이다. 화자들은 자신을 여성으로 성별화하는 사회적 시선이 '여성이라는 옷'을 입어야 한다는 명령(시선)처럼 일상의 매 순간 몸에 들러붙어 있음을 느낀다. "작은 순댓국집"에서 자신을 향한 따가운 시선을 느낀 화자가 주위를 둘러보고 나서야 자신이 이곳에 어울리지 않는 "젊은 여자"임을 깨닫는 '어떤 오후'(「어떤 오후」)처럼 여성의 삶은 성별화된 통념과 시선에 갇혀 있다. 그 속에서 "끊임없이 되풀이되고 매 순간 발가벗겨지는 일상"은 계급적 이념도 소용없게 만든다. 화자는 여성의 삶이 "맞짱을 뜨며 진정 고독하게"(「살갗으로부터 오는 긴장」) 싸워야 하는 긴장의 연속임을 토로하기도 한다.

김사이는 2부에서 유년의 경험과 가족사를 통해 '여성이라는 옷'의 연대기를 추적한다. "내 핏줄은 여자였"음을 발견하는 시 「여자」를 매개로 시인이 시도하는 것은 가족 공동체 안에서 '여자씨'라는 운명론으로 덧칠된 차별의 역사를 되짚어 보는 일이다. 이방인으로 취급받으며 한 남자의 '애첩'으로 살아야 했던 '여자씨'나 "껍데기라도 본처로서의 죽음"을 맞이하기 위해 고독한 삶을 감내했던 '여자씨' 모두 가부장적 가족 공동체의 희생양이다. 가족이라는 이름으로 여성의 성과 노동은 가

부장의 권력과 쾌락을 유지하는 데 이용되었지만 그것
은 '여자씨'의 운명이나 보편적 인간사로 환원되어 왔다.
2부의 시에는 혈육에 대한 애증과 그리움 그리고 인생
에 대한 애상적 태도도 섞여 있긴 하지만, 가족사를 되
짚으며 김사이가 폭로하는 것은 가난이 대물림되듯 엄
마로부터 딸에게 대물림되는 차별의 역사가 유유히 이
어지고 있다는 점이다. "내가 선택할 수 없는 성별은 차
별이 되고/갓 태어난 아기의 몸뚱이엔/주홍글씨처럼
부유와 빈곤이 나뉘어 찍"(「이력서를 쓰다」)히는 지금, 끈
질기게 반복되는 '여자씨'의 역사를 헤아리면서 화자는
"30년 후에도 나는 내 딸들은/대물림으로 이어받은 몸
뚱이 팔고 있"(「달의 여자들」)을지도 모른다는 절망을
숨기지 않는다.

> 나는 잘렸다
> 터무니없이
>
> (중략)
> 그러나 나는 비정규직 여성 노동자였고
> 비공식적으로 잘린 거다
> 어디에도 내가 흘린 피는 없다
> 어디에도 내가 살기 위해 노력했다는 흔적은 없다

자본이 숨 쉬기 위해 내가 숨죽이다가

이름도 인격도 빼앗긴 결과다

이제 더 이상 내가 가난한 집 딸이고

돈 벌어야 하는 아내고 한 아이의 엄마라는 사실이

대체 무슨 소용이란 말인가

자본은 너무 자유롭고 나는 갇혀 있다

자본은 너무 안전하고 나는 위태롭다

이제 종이 울리면 쉬러 가는 것은

내가 아니라 자본, 그래 돈이라는 것이

정규적으로 쉬러 간다

언제든지 공식적이지 않게 나는 잘리고

무엇을 위하여 종이 울린단 말인가

　　　　　　　　　　—「무엇을 위하여 종은 울리나」 부분

　2021년 고용노동부의 통계에 따르면 한국의 비정규
직 노동자 가운데 여성은 66%에 이른다. 지위가 불안정
한 노동일수록 여성의 비중이 높은 것은 가정이라는 사
적 영역의 재생산 노동을 담당해 온 여성의 지위와 무관
하지 않다. 여성의 노동이 남성의 노동을 보조하거나 보
완하는 것으로 간주되는 현상은 근대적 성별 분업이 낳
은 결과이다. 근대 산업 사회에서 사적 영역에 배정된 여

성의 재생산 노동은 공식 경제에 기여해 왔지만 교환가치가 부정되었고 그와 함께 여성들의 경제적, 정치적 지위는 임금 노동자인 남성과 동등하게 인정되지 못했음은 주지의 사실이다.

위 시에서 화자는 가족의 생계를 위한 유급 노동과 재생산 노동 모두를 부담하고 있지만 "돈 벌어야 하는 아내고 한 아이의 엄마라는 사실"은 지극히 비공식적이며 개인적인 것으로 간주되고, 비공식적인 "해고 통보 문자메시지"를 받는다. 이 통보가 화자에게 준 충격은 비정규 여성 노동자라는 존재 자체가 이 체제에서 "비공식적"인 존재로 취급되고 있다는 데 있다. 공식적 절차도, 합당한 이유도 없는 해고는 화자가 "흘린 피"와 "살기 위해 노력"한 흔적을 지움으로써 노동자로서만이 아니라 한 인간으로서의 존재를, 자리를 이 세계에서 박탈하는 선고와도 같다. 화자가 자신의 존재를 공식적으로 인정받지 못하는 절망의 순간에 다시 한번 환기되는 건 이 시집 전체에 걸쳐서 시인이 던지는 메시지이다. 자본은 '나'의 노동과 함께 인간성마저 몰수하고 있으며, '나'의 노동은 인간을 위한 생산이 아니라 '자본'을 자유롭고 안전하게 만드는 데 소용되었다는 것. 이때 느끼는 화자의 절망과 충격은 무거운 경고로 다가온다.

그러나 김사이의 시가 절망의 기록에 그치지 않는 이

유는 자본이 몰수하는 인간성을 되찾고 절망의 감각에
서 벗어나고자 하는 충동을 드러내기 때문이다. 이 시집
의 마지막 부분에 배치된 시 「가이아」에서 이러한 시인
의 의도가 분명하게 읽힌다. 이미 2부에서 시인이 여성을
착취해 온 가부장적 질서 속에서도 훼손되지 않은 "생
생하게 퍼덕거리고 있는 그녀"(「그녀를 만나다」)를 발견
했다는 사실을 다시 떠올려 보자. 시인 자신의 기원이기
도 한 모체로서 '그녀'가 증명하는 바는 다른 생명을 품
는 육체의 상호의존성이다. 한 존재는 다른 존재와의 상
호의존성에 기대어 비로소 존재할 수 있다는 원초적인
사실은 자본주의에서 살아가는 인간이 각자의 욕망에
사로잡힌 존재라는 점에 저항한다. 「가이아」의 초반부에
서 강하게 느껴지는 육체의 충동적 이미지 역시 육체를
규율하며 억압해 온 자본에 대한 저항을 드러낸다.

　　몸부림치면서 살덩이들을 물어뜯는다
　　폭식증 거식증에 시달리면서도 살덩이들 놓지 못한다
　　뚱뚱해서 복스러운가 전혀, 현모양처다 그렇지 않다
　　사랑을 나누고 싶은 마음이 들지 않는다 뚱뚱하다고 때
　　로는 둥근 배 때문에 게으르다, 그러나
　　여자는 뚱뚱하다

(중략)

한 생명을 품을 수 있는 작은 집 몸뚱이

똥배인지 젖가슴인지 구분이 안 되는 뚱뚱한

이 몸 안에 네가 느끼지 못하는 두려움이 있다

한 달에 한 번씩 핏덩이를 쏟아내며 준비하는

몸뚱이는 너의 처음이고 끝이다

—「가이아」부분

　"뚱뚱한" 몸은 체제가 여성에게 요구하는 것들을 거
부하고 있다. 그것은 쾌락과 욕망을 자극하는 몸도 아니
요, 부지런하고 성실한 노동자의 몸도 아니다. 가부장적
질서 아래서 길든 성별화된 몸도 아닌 "둥근 배"를 가진
"뚱뚱한" 몸은 자본에 회수되지 않는 "생명을 품"는 "작
은 집"이다. '나'와 다른 존재가 함께 머무는 이 집이 상징
하는 바는 자본의 논리로는 설명되지 않는 인간의 상호
의존적 공동체일 것이다. 다른 존재를 위해 자신을 나누
어야만 탄생할 수 있는 가장 작은 공동체인 "뚱뚱한" 몸,
이것은 김사이의 시적 언어가 만들어낸 여성(성)에 대한
풍성하고 아름다운 환유이다.

　여성(성)이 보편적 남성(성)과 변별되는 점은 여성의
육체가 품는 생명이 여성 자신으로 환원되지 않는 존재
라는 데 있다. 즉 여성(성)은 동일성에 기초한 보편적 주

체인 남성(성)과 달리 차이와 상호의존성에 근거한다. "뚱뚱한/이 몸 안에" 있는 "네가 느끼지 못하는 두려움"은 타자와의 관계에서 언제나 동반되는 감각인데, 여성(성) 안에서 이 두려움은 긍정적으로 전환된다. 두려움은, 타자를 '나'의 동일성 안으로 흡수하려는 자아의 구심력에 저항하는 힘이라는 점에서 타자와 '나'의 상호적 관계를 유지하게 하는 필요조건이다. 여성(성)과 노동의 회복을 상징하는 생명을 품는 작은 집에 대한 김사이의 상상력은 이후에 쓰일 또 다른 시들을 통해서 확장되어 가겠지만, 지금도 충분히 여성(성)을 상징하는 "뚱뚱한" 몸이 타자를 포함하는 상호의존성의 세계라는 것은 분명하고도 환한 감각으로 다가온다.

오늘의 노동 현실을 환기하며 떠올려 보아야 할 이 시집의 성과는 노동 현실에서 계급적 차별과 교차하는 성별화된 억압과 폭력을 드러내는 한편 노동과 인간성의 회복을 위해 여성(성)의 재전유를 시도했다는 점이다. 그뿐만 아니라 김사이가 시사한 차이와 상호의존성으로서의 여성(성)은 지금 우리 시가 고민하는 화두이기도 하다.

노동의 환경과 양식은 변화했고 노동이라는 개념은 갈수록 사유화되고 있다. 이러한 현실과 역행하는 주장

일지 모르나 그럼에도 노동시의 영역은 확장되어야 한다. 노동의 개념만이 아니라 노동자 계급의 해체 담론까지 등장하고 있지만 노동하는 주체가 누려야 할 인간다운 삶이 박탈당하고 있다면 그에 저항하며 인간을 위한 노동을, 창조적 행위로서의 노동을 희망하는 글쓰기는 언제나 필요하다. 김사이의 시가 시도했던 것처럼 인간의 노동과 공동체를 긍정할 만한 것으로 재창안하기 위한 상상력 역시 필요하다. 노동이 인간으로 하여금 상호의존성의 세계에 참여하는 매개가 될 수 있도록 우리 시가 궁리해야 한다.

반성하다 그만둔 날

2023년 10월 30일 1판 1쇄 펴냄

지은이	김사이
펴낸이	김성규
편집	김안녕 한도연 김도현
디자인	신아영
펴낸곳	걷는사람
주소	서울 마포구 월드컵로16길 51 서교자이빌 304호
전화	02 323 2602
팩스	02 323 2603
등록	2016년 11월 18일 제25100-2016-000083호

ISBN 979-11-93412-04-6 04810

ISBN 979-11-89128-08-1 (세트) 04810